멀어질 때 빛나는: 인도愛서

초판 1쇄 발행 ㅣ 2018년 1월 12일

글 · 사진 ㅣ 유림
펴낸이 ㅣ 최대석
펴낸곳 ㅣ 행복우물

기획총괄 ㅣ 최연

편　집 ㅣ 홍은정(umbobb@daum.net)
표지디자인 ㅣ 서미선(mindmindms@gmail.com)

등록번호 ㅣ 제307-2007-14호
등록일 ㅣ 2006년 10월 27일

주　소 ㅣ 경기도 가평군 가평읍 경반안로 115
전　화 ㅣ 031)581-0491
팩　스 ㅣ 031)581-0492

이메일 ㅣ danielcds@naver.com
홈페이지 ㅣ www.happypress.co.kr
ISBN ㅣ 978-89-93525-53-3(03810)
정　가 ㅣ 14,000원

멀어질 때 빛나는: 인도愛서

글·사진 유 림

행복우물

겁쟁이 사자, 인도로 떠나다

대학교 신입생 시절. 사진, 예술, 연애 등의 소재를 안주 삼아 나눈 여러 술자리 대화 가운데 한 교수님이 했던 말이 오래도록 가슴에 남아있었다. 그 교수님은 내게 오즈의 마법사에 나오는 겁이 많은 사자와 같다고 했다. 늘 현실과 이상의 경계에서 우물쭈물 대던, 예술에 덜 미친(?) 예술학도에게 자극을 주려고 한 말이었겠지만, 당시 내게 그 말은 비수가 되어 날아들었다. 자존심에 큰 스크래치가 났다.

누군가는 열정이라 부르고 누군가는 똘끼라 부르는 치기어린 무모함. 그 것이 때론 강력한 무기가 될 수 있다는 것을 알면서도 늘 현실과 적절한 타협을 이어가며 모험 따위 하지 않았다. 가슴이 아닌 이성으로 사진을 찍었고, 높은 학점을 받고 장학금 받는 것을 우선으로 삼았다. 예술가를 꿈꿨지만 애초부터 자질이 없었던 거다.

낭만적 이상주의를 부르짖으면서도 위대한 개츠비처럼 살진 못했다. 스콧 피츠제럴드가 만들어낸 개츠비가 물질만능주의를 표상하고 허황된 꿈을 쫓다가 외로운 말로를 맞이하는 인물이었을지라도, 한 사람에 대해 품은 그의 이상은 꽤 열정적이었으며 낭만적이고 순수했다.

졸업 후에도 나는 오랜 기간 겁쟁이 사자로 살았다. 사진, 사랑, 일 중 그 어떤 거에도 미치질 못했다. 때때로 찾아드는 정체성의 혼돈 속에서도 통장에 차곡이 쌓여가는 숫자들로 스스로를 안위하며 지냈다. 그나마 다행인 건 그 방황의 시간이 그리 오래 걸리지는 않았다는 사실이다. 그저 십 년. 강산이 한 번쯤은 바뀌었을 법한 시간이지만 감성적으로 풍요로운 세월을 보내지 못했기에 내게는 정신없이 흘러간 영화 한 편 정도의 시간으로 느껴졌다.

어느 날, 십년의 세월이 내게 선물을 보내왔다. 조급함을 비우고 여유로 채운 마음의 그릇. 교수님의 말을 떠올렸다. 그때나 지금이나 사자는 사자다. 겁쟁이란 수식어를 덜어내는 데에 시간이 조금 걸렸을 뿐.

마음 한편에서는 늘 자유를 갈망했고, 해마다 움 틔웠다가 시들어버리는 이상의 씨앗을 품으려 노력했다. 그렇게 세계 곳곳에 조심스레 한발씩 내딛다 보니 무겁고 귀찮게 느껴지던 카메라와의 동행이 행복해지기 시작했다. 찰나의 순간순간이 소중해지기 시작했다.

마침내 오래 다니던 회사를 정리하기로 했다. 그리고 예전이라면 상상도 못했을 미지의 땅에 발을 내딛기로 결심했다. 바로 인도. 최근 몇 년 사이 인도 각지에서 일어난 성범죄가 세계적으로 이슈화 되면서 인도에 대한 인상이 나빠지기 시작했다. 특히 배낭여행자 중에서도 여성 여행자들에겐 끔찍한 성범죄국가로 인식되며 기피대상국이 되었다.

포기해버릴 것인가 하는 고민에 빠졌다. 영화로라도 우선 만나 보기로 했다. 〈세 얼간이〉〈엔조틱메리골드호텔〉〈김종욱찾기〉 등 스크린 속 인도의 모습은 우리와 똑같은 사람 사는 곳이었다. 그리고 꿈꿔왔던 스스로에게 잠시 멀어질 공간을 찾아 떠나기로 결심했다. 겁쟁이 사자가 진정한 사자로 거듭날 수 있는 여정이 되리라 기대하며.

여행을 떠날 각오가 되어 있는 사람만이
습관의 마비작용에서 벗어나리라

　– 헤르만 헤세 「단계」 중에서

Contents

Chapter I

인내의
습작

멀어질 때 빛나는: 인도愛서

태양,
이 애정과 생명의 근원은 황홀감에 찬 땅에 사랑을 퍼붓는구나

- 랭보 「태양과 육체」 중에서

Here is India!

긴 기다림 끝에 수화물을 찾고 환전까지 마치니 오후 8시. 인도는 해가 지면 위험하다는 이야기를 하도 들어서 조급한 마음에 발걸음을 서둘렀다. 인디라간디공항에서 뉴델리역까지 한 번에 가는 공항철도를 이용해 적은 비용으로 안전하고 빠르게 뉴델리에 입성했다.

한산하던 공항과 달리, '그래, 이게 인도야! 여기가 뉴델리야!'라고 외치듯 역사를 나서자마자 릭샤, 택시 그리고 많은 사람들이 도로를 점령하고 있었다. 이미 책과 온라인 등으로 수많은 인도여행후기를 보며 마음을 다지고 왔지만, 도로를 가득 메우는 클락션 소리와 북적거리는 사람들을 피부로 직접 느끼니 '이곳이 인도구나! 내가 지금 인도에 있구나'를 실감할 수 있었다.

숙소로 가는 길 곳곳마다 거리가 제집인 양 편안한 자세로 잠을 청한 동물들 때문에 수시로 놀란 가슴을 쓸어내려야 했다. 한참을 걸어 파하르간즈 메인로드(여행자 거리)에서 조금은 벗어난 곳에 있는 조스텔델리호텔에 도착했다. 정말 상상 그대로였다. 친절한 직원, 낙후된 시설, 〈엔조틱 메리골드 호텔〉이란 영화가 떠올랐다.

애초에 기대가 없었으니 실망도 없었다.

낮은 수압의 미지근한 물로 샤워를 마치고 침대에 누우니 방 안 구석구석이 눈에 들어왔다. 페인트칠이 다 벗겨진 벽, 열 때마다 삐그덕 삐그덕 소리내는 낡은 문, 녹이 슨 창살까지. 간판만 호텔이지 우리나라의 80년대 여관 방 수준이다. 결국 모든 것은 마음먹기 나름이라 했던가. 우리나라였다면 과연 내가 이런 곳에서 잘 수 있었을까? 그저 지금은 시원한 에어컨이 달려있고 몸 하나 누일 침대가 있는 정도만으로도 큰 호사라고 생각하기로 했다. 한국에서 가져온 컵라면 하나까지 먹고 나니 눈꺼풀이 스르르 내려오기 시작한다. 배도 마음도 부르다.

혹독한 델리 입성기

Chapter I

도착 다음 날 아침, 기차표를 끊기 위해 뉴델리 기차역으로 향하던 중 우연을 가장한 채 접근한 인도인을 만났다. 아무 의심없이 그의 과잉친절을 따라 인도정부관광청(?)이라 안내 받은 곳으로 들어섰다. 무언가에 홀린 듯 순식간에 결제까지 마쳤다. 찜찜한 마음에 숙소로 돌아와 알아 보니 가짜 정부 인증서와 간판을 달고 외국인 관광객을 대상으로 사기를 치는 사설여행사였다. 비행기 내리기 직전까지 읽었던 인도여행책에서, 온라인카페에서 그렇게 주의하라던 사설여행사 사기의 주인공이 내가 될 줄이야.

그들은 나름 체계적이었다.
1단계, 타깃이 확인되면 버선발로 마중나와 격하게 환영한다.
2단계, 국적 확인 후 한국어를 띄엄띄엄 하며 친근감을 표한다.
3단계, 아침은 먹었느냐 물으며 토스트와 차를 내어준다.
4단계, 여행의 루트와 일정, 예산 등을 묻는다.
5단계, 인도가 지금 성수기라 모든 교통편 예약이 어려울 거라 겁을 준다.

청산유수 같은 그들의 말에 그대로 넘어가 모든 교통편 예약을 맡기고 큰 금액을 결제했다.

결국 우리나라 돈으로 대략 30만원 정도 손해를 봤다. 인도에서는 한 달치 월급과 맞먹는 큰 금액이다. 인도에서 호갱님이 될 줄이야. 해외여행을 얼마나 다녔는데 이런 말도 안되는 사기를 당할 수 있을까. 인도가 만만치 않을거라는 예상은 했지만, 이렇게 첫날부터 큰일을 겪을 줄이야.

굳이 스스로의 변명을 하자면,
유심카드를 구매하기 전이라 인터넷으로 업체 정보를 확인하지 못했다.
아직 루피에 대한 화폐단위와 환율이 익숙치 않았다.
웃으며 다가오는 인도인을 순진하게 믿었다.
나름 여행의 고수라 여기고 살았는데 그것은 자신감이 아니었다.
자만이었다.

절망과 자책으로 하루를 넘겼다. 다음 날 아침 일찍 여행사를 찾아 최대한의 영어회화를 구사해 컴플레인을 걸었다. 불과 하루 전, 환한 웃음으로 그토록 반겨주었던 직원은 하루 새 이마에 석 삼자를 그리고 나타났다. 환불은 절대 불가하다며 목소리를 높이더니, 이 건을 대사관에 알리겠다 하니 그제서야 목소리를 낮추고 협상에 들어갔다. 앞으로 갈 몇몇 도시의 호텔 바우처를 제공 받고 교통편 컨디션을 업그레이드하는 조건으로 사건을 일단락 지었다. 숙소로 돌아와 짐을 챙겨 곧바로 델리를 떠나기로 했다. 비싼 돈 주고 인도를 배웠다 생각하고 이 일은 빨리 잊어 버리기로 했다.

인생지사 새옹지마라 했으니 앞으로 좋은 일들이 기다리고 있을 거야. 진짜 인도여행은 지금부터 시작이니까.

삶이 그대를 속일지라도
슬퍼하거나 노하지 말라!
우울한 날들을 견디면
믿으라, 기쁨의 날이 오리니

마음은 미래에 사는 것
현재는 슬픈 것
모든 것은 순간적인 것, 지나가는 것이니
그리고 지나가는 것은 훗날 소중하게 되리니

– 푸슈킨 「삶이 그대를 속일지라도」 중에서

인내로 인도하는 기차

Chapter 1

바라나시까지 이동수단으로 기차를 선택했다. 인도를 알려면 기차를 경험하란 말이 있듯이 기차는 인도여행의 큰 묘미다. 잦은 연착과 취소로 악명 높은 인도의 기차. 설렘 반 두려움 반으로 사설여행사에서 비싼 돈 주고 구입한 첫 티켓을 꺼내 들었다. 자세히 보니 여행사의 남모를 배려(?)가 숨어 있었다. 델리엔 총 다섯 개의 역이 있는데 인도에 빨리 적응하라는 의미인지 주로 현지인들만 이용하는 Anand Bihar Railway역에서 기차를 타야 했다.

델리에서 바라나시까지는 장장 16시간. 왕복도 아니고 편도시간만 반나절이 더 걸린다 하니 생각만으로도 온몸이 쑤셨다. 게다가 혹여 연착이나 취소라도 된다면 다음 일정에도 영향을 끼칠 수 있기에 역에서 노숙이라도 해야 할 판이다. 무거운 배낭과 초조함의 무게에 눌려 안절부절하는 인도초짜와는 달리, 기다림에는 달관한 듯 이불까지 깔고 드러누운 승객들이 대기실 한가득이다.

불안한 기대를 저버리지 않듯이 출발시간이 훌쩍 지나 자정이 가까워졌다. 차가워진 밤공기에 몸도 마음도 내려앉을 때 저 멀리 희미한 불빛이 보이기 시작한다. 점점 더 다가오는 불빛과 함께 곧 기차가 도착한다는 안내방송이 흐르자 기다림과 무료함에 지쳐가던 사람들의 얼굴에도 화색이 돌기 시작한다. 한 시간만 연착된 기차가 그저 반가울 따름이다.

현실 속 설국열차

인도 기차는 칸마다 등급이 나뉘어 있다. 내가 이용한 2A, 3A 칸은 주로 외국인 여행객이나 중상류층 인도인이 이용하는 칸으로 도난이나 안전사고에 대한 우려가 적은 편이다. 또한 객석마다 커튼을 달아 프라이버시를 보장해주고 베개와 이불 등, 편의서비스가 제공되어 장거리 여행에도 큰 불편함이 없다. 클래스가 올라갈수록 기내식이 제공되기도 한다.

이에 반해, 티켓 가격이 제일 저렴한 General Class칸은 지정좌석제가 아니어서 먼저 앉는 사람이 임자다. 냉난방설비도 제대로 갖춰져 있지 않아 푹푹 찌는 여름이면 땀으로 샤워하기 일쑤다. 좌석 간격 또한 좁아 건장한 체구의 성인남성이 장시간을 앉아서 가기엔 여간 불편하지 않을 수 없다. 노숙인을 비롯한 낮은 신분 계급의 사람들이 가장 많이 이용하는 칸이며 분실, 폭행 등 불미스러운 사건이 빈번히 발생하는 위험요소가 많은 칸이다. 예산을 절약하고자 이 칸을 선택한 여행자들의 경우 분실에 대비하려면 고생을 감수하며 긴 밤을 뜬 눈으로 지새야 할 수도 있다. 그럼에도 '젊어서 고생은 사서도 한다'는 말을 좋아하거나 남다른 경험과 추억을 원한다면 General Class칸을 추천한다.

그들의 문화와 카스트제도의 상징처럼 신분과 가격으로 승차등급이 나뉘는 인도 기차를 보니 불현듯 영화 〈설국열차〉가 떠오른다. 열차라는 수평적 공간에 선택 받은 자와 선택 받지 못한 자가 수직적 구조로 생을 이어가는 영화 속 상황이 현시대 우리의 삶과 별반 다를 바 없다.

하지만 허구 속 열차와 현실 속 열차에는 선명한 차이가 있다. 영화 속 열차에 탄 사람들은 계급에 대한 저항과 생존을 위해 꼬리칸에서 앞칸으로 나아가며 투쟁하지만, 인도 열차 꼬리인 General Class 칸에 탑승한 사람들은 현실을 부정하거나 타파하고자 혁명을 도모하지 않는다. 좁고 불편한 현실을 있는 그대로 받아들인다. 매일 하루하루를 투쟁하듯 보내는 이들에게는 불평할 겨를조차 없는 건 아닐까.

바로보는 바라나시

　인도를 대표하는 도시 중 한 곳인 바라나시. 많은 여행객으로 붐비는 이곳은 사기꾼이 많고 치안이 안 좋기로 유명하다. 오기 전부터 많은 걱정과 불안감이 있었지만, 매도 먼저 맞으라고 첫 도시로 정하고 일정도 짧게 잡았다. 기대치를 낮춰서인지 생각과는 달리 대부분의 사람들이 친절하고 유쾌했으며, 우려했던 일들은 일어나지 않았다. 사실 델리에서 이미 큰일을 한 번 겪어서 앞으로 웬만한 일들은 대수롭지 않게 여겨질 듯 했다.

　바라나시의 첫날, 길게 이어진 가트*를 따라 걸으며 인도인들의 삶을 바라보았다. 이들의 하루는 갠지스에서 시작된다. 매일 새벽 일출에 맞춰 신께 경배를 드리고 강물에 몸을 담그며 저마다의 경건한 의식을 치르는 이들. 새벽녘 10도 정도의 찬 공기에도 주저함 없이 강물에 뛰어든다. 인도를 오기 전까지 '갠지스'하면 '바라나시'를 떠올렸는데 과연 처음 마주한 바라나시의 갠지스는 화장터 시신을 태운 재와 여러 가축의 배설물, 흙과 먼지 등이 뒤섞여 흐르는 '똥물'이었다. 갠지스를 신성시하며 이와 더불어 살아가는 인도인들의 일상을 보며 깨달았다. 갠지스가 의미하는 것이 눈에 보이는 물의 색깔만이 아니라는 사실을.

*가트: 육지에서 강가의 빨래터 등으로 자연스럽게 접근할 수 있게 설치된 계단길

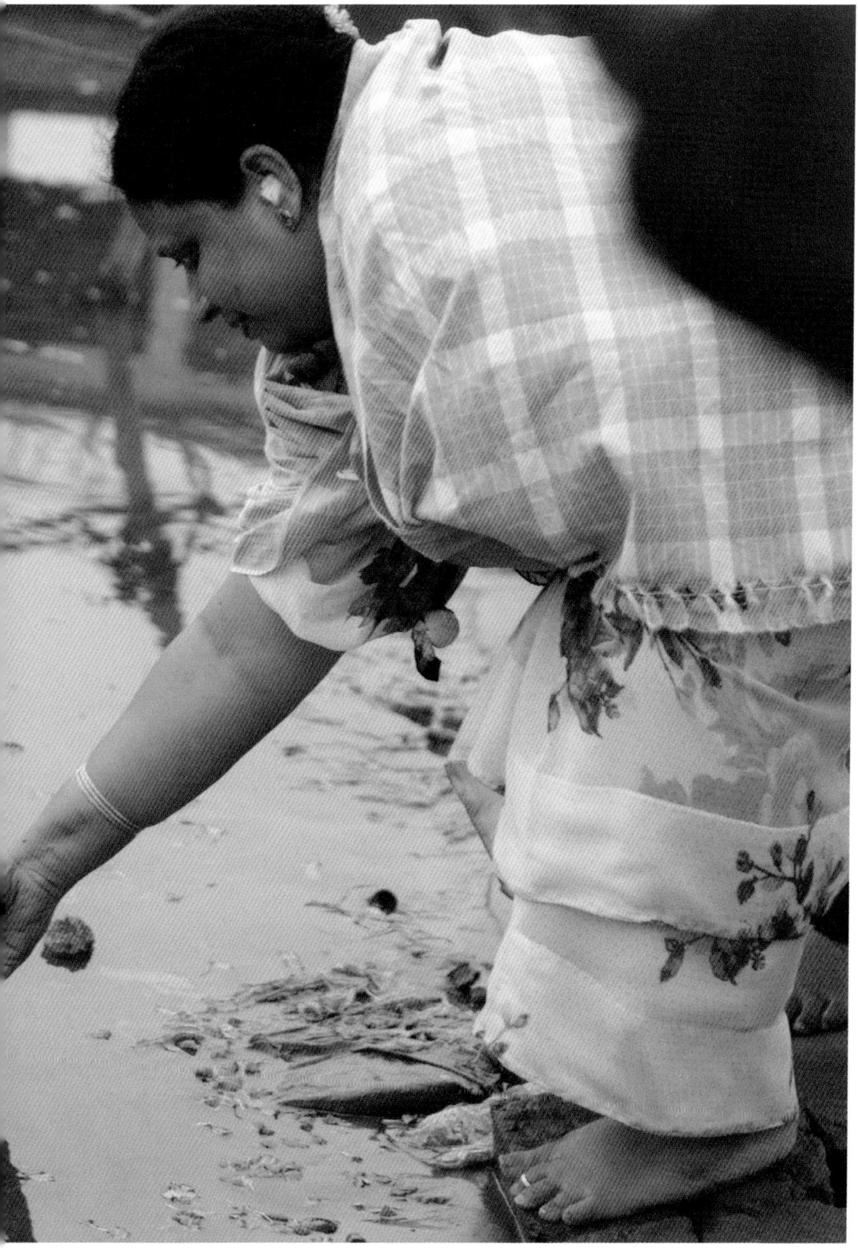

당신의 무궁한 선물은 이처럼 작은 내 손으로만 옵니다

세월은 흐르고 당신은 여전히 채우시고

그러나 여전히 채울 자리는 남아있습니다

- 타고르 「기탄잘리」 중에서

신께 경배하라

Chapter I

    아르티뿌자ArtiPooja는 인도를 대표하는 종교의식으로 하루 두 번 일출, 일몰시각 갠지스 강가에서 신에게 바치는 제사다. 지역마다 조금씩 성격이 다르지만 이곳 바라나시의 아르티뿌자는 웅장하고 화려하다. 신비로운 음악이 흐르는 가트 주변은 의식이 시작되기 한 시간 전부터 수많은 인파로 북적거린다. 곳곳에 자리를 잡고 의식을 기다리는 지역주민들과 외국인 관광객들로 발 디딜 틈이 없을 정도이지만 무언 속에 질서를 유지하며 경건한 분위기를 이룬다. 승려들이 의식의 시작을 알리는 나팔을 불고 나면 한 시간여 동안 엄숙한 제식이 치러진다. 아르티뿌자를 보고자 멀리 타지에서 한나절을 이동해 온 인도인과 세계 각국에서 모여든 이방인들은 모두 한 곳을 바라본다. 서로 말이 통하지 않고 신앙이 다를지라도 이 순간 느끼는 것은 하나다. 바로 신을 향한 경외심.

    신을 섬기는 데에 신분, 성별, 나이, 직업 등이 상관없다. 신 앞에 선 순간만큼은 모두가 평등하다. 이들은 신의 존재를 의심하거나 부정하지 않는다. 계절, 환경, 처해진 상황에 관계없다. 신을 향한 이들의 흔들림 없는 믿음은 어디서 왔을까.

　행복할 것만 같던 순간들이 벼랑 끝에 선 듯 순간으로 바뀌었을 때 나도 목놓아 울며 신께 매달린 적이 있다. 한없이 원망하다 시간이 흘렀다. 검은 하늘을 수놓는 새하얀 연기를 보며 생각한다. 변화무쌍한 내 마음처럼 연기가 흩어진다. 저들이 날려보내는 것이 불꽃처럼 활활 피어오르다 순간의 연기로 아스라히 사라져버리는 삶의 조각들은 아닐까. 아르띠뿌자까지 보고 나니 바라나시가 조금 더 보이기 시작한다.

한낱의 모래알에서 세계를
한 송이 들꽃에서 천국을 보기 위하여
너의 손바닥에 무한을
한 시간에 영원을 간직하라

– 윌리엄 블레이크 「순수의 전조」 중에서

업業

Chapter I

이들의 일상은 매우 단조롭다. 대대로 이어지는 세습에 따라 어떠한 불평이나 불만 없이 자신들의 업을 행한다. 제를 올리는 승려부터 숙박, 식당 등을 운영하는 상인, 릭샤*를 운전하거나 한 평 남짓의 노점이나 시장에서 식료품을 파는 하층 계급의 사람들 모두가 한결같이 태어날 때부터 물려받은 신분에 맞는 일들을 덤덤하게 그리고 성실히 수행한다.

검은 소매의 셔츠를 입은 이발사. 아침 일찍 찾아온 손님의 머리카락을 다듬는다. 페인트 칠이 다 벗겨지고 뜯겨 나간 전단지 자국이 얼룩덜룩 자신의 흔적을 남겨놓은 골목 귀퉁이. 지저분하다는 느낌 보다는 푸른 빛으로 물든 파스텔 톤의 벽이 소박한 이발사의 풍경과 어우러져 하나의 그림처럼 보인다. 그 작은 골목 귀퉁이는 가족의 생계를 위해 그가 하루 대부분의 시간을 보내는 일터다. 즉석에서 공수한 돌 의자 몇 개, 면도용 칼, 가위 등의 이발 도구, 수세용 물 한 통, 대접 하나가 그가 가진 전부다. 서로를 위해 기도를 하는 듯 이발사와 손님 모두 진지한 표정이다. 그들 뒤로 푸르고 붉은 나비들이 날아와 벽면에 스며 든 듯하다. 그 잔잔한 풍경을 담기 위해 조심스레 셔터를 누른다.

*릭샤: 자전거를 개량하거나 소형엔진을 장착한 이동수단으로 서민들의 주요 교통수단

계급이 나뉘어져 정해진 삶을 살아갈 수 밖에 없는 이들과 비교해 본다면 우리 사회는 표면적으로는 신분이 정해져 있지 않다. 그러나 인도에 카스트 제도가 있다면 우리 사회에는 '성공'이라는 보이지 않는 신분제도가 있는 듯 하다. 누구나 노력하면 자신의 사회적 지위를 바꿀 수 있다는 희망. 그 희망 은 많은 이들로 하여금 삶의 원동력을 가져다 주고, 몇몇 사람들의 '성공 신화'는 미디어를 화려하게 장식한다.

그러나 현실을 냉정하게 보면 대부분의 사람들은 그 성공 신화만을 바라 보며 살다 인생을 끝마치게 된다. '무엇이든 할 수 있다'고 떠드는 성공학 강 의들이나 그런 노력 자체가 나쁘다는 말이 아니다. 문제는 그런 것들이 우리 를 늘 타인과 비교하며 고군분투하는 삶에 정당성을 부여해 버리고, 빠르게 달리는 삶의 속도감이 정작 중요한 가치를 잊게 만든다는 데에 있다. 그것을 깨우쳤을 때는 이미 늦게 될지도 모르리라. 이들의 모습을 보며 '받아들임의 가치'를 생각해 본다. 스스로에게 물었다.

"나는 이들보다 만족스러운 삶을 살고 있는가?"

물질적 풍요, 그 만족의 끝은 어디인가. 세계에서 유일하게 카스트제도가 존재하는 나라. 하지만 삶을 받아들이는 자세부터 우리와는 다른 이곳은 행 복의 기준 또한 다른 것 같다. 그래서일까? 이곳은 사람과 공간이 조화롭게 어우러져 있으며 새벽 일찍부터 업을 행하는 이들의 표정에서 어떠한 고통 이나 불만을 읽을 수 없다. 인공지능과 4차산업혁명이 이슈화되는 현시대와 는 동떨어진, 마치 시대를 역행하는 듯한 느낌이 드는 이곳 바라나시가 그저 신비롭기만 하다.

왈라, 왈리

태어나는 순간부터 최하 계급의 신분과 직업을 물려받은 이들을 '왈라(남성), 왈리(여성)'라 부른다. 우리말로 하면 놈, 꾼, 년이란 뜻이란다. 불가촉천민에 해당하는 이들이 주로 하는 일은 빨래나 청소, 운전 등의 허드렛일로 전생의 업보를 짊어지고 사는 냥, 이른 새벽부터 늦은 저녁까지 온종일 고된 노동을 한다.

별 보고 집을 나서면 달 보고 집에 들어가던 잡지사 마감 때가 떠오른다. 그곳을 떠나고서야 하늘이 파랗다는 사실을 알았다. 봄에는 꽃들이 지천에 만개하고 여름 밤에는 낭만이 흐르고 가을 바람엔 쓸쓸한 냄새가 배어 있다는 것을, 겨울 아침 공기가 무척이나 청량하다는 것을 그제서야 알았다. 남들만큼 살 수 있다는 안도감을 쌓아주던 연봉과 과장이라는 직급을 내려놓은 후 마침내 '잃어버린' 계절을 찾았다.

고루한 전통을 고수하며 살아가는 인도인들을 바라보고 있자니 우거진 빌딩숲 속에서 하루하루를 버티 듯 살아갔던 나의 모습이나 별반 다를 게 없다고 느껴졌다. 겉으로만 드러내지 않는 사회적 신분과 계급이 분명 우리 사회에도 존재하고 있기 때문이다. 마음이 고단해진다.

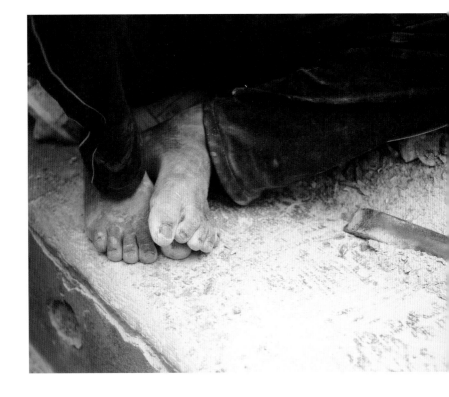

석공石工

Chapter I

딱딱한 돌 의자에 흰 눈이 소복이 쌓였다
갈라진 그의 발에도 희망의 티끌이 내렸다
그제야 석공의 손은 안식한다

단애 斷崖

Chapter I

생의 단애에서 지나가는 한결 바람에
마음 속 유리문이 산산이 부서졌다

조각난 파편의 차가운 감촉에
눈물이 왈칵 쏟아진다

가정형편상 미술을 포기해야 했던 때
꼭 가고 싶었던 학교에 떨어졌을 때
무지한 사랑으로 이별을 경험했을 때
세상이 끝나는 듯 했다
절망의 그늘 속에서 몇 날 며칠을 울었다

마음에 난 작은 멍 자욱이 흉터가 됐을 때
조용히 눈물을 머금었다

깊어져 가는 눈가의 주름을 볼 때
세상에 이해하지 못할 것이 줄어드는 대신
말하지 못할 것이 늘어난다는 사실을 알게 되었을 때
눈가는 웃지만 가슴이 운다
인내도 연습이 될 줄 알았는데
아직인가보다

생사生死
Chapter I

끝이 보이지 않는 가트를 따라 무작정 걸었다. 저 멀리 사람들이 옹기종기 모여 한 곳을 응시한다. 재미있는 구경거리라도 있는지 혹여 놓치지나 않을까 하여 발걸음을 재촉했다. 그곳에 조금씩 다다르며 심상치 않은 분위기를 감지했다. 검게 그을린 건물 외벽 앞에 대량의 목재가 쌓여 있고, 쾌쾌한 냄새가 코 끝을 자극했다. 미간을 잔뜩 찌푸리며 생각했다. '푹푹 찌는 이 더위에 뭘 태우고 있는 거지?'

사람들의 시선을 쫓아 마주하게 된 풍경은 화장터. 축축한 어둠이 내리고 있는 이곳은 잿더미 사이로 불쑥 뻗어 나온 육신이 하늘로 피어오르며 진득하고 무거운 공기가 대기를 가득 채운다. 생전 처음 보는 광경에 동공이 지진을 일으킨 나와는 달리 이곳의 사람들은 놀라지도 슬픔을 표현하지도 않은 채 그저 이 상황을 관망한다. 여느 날처럼 지상의 한 가여운 영혼이 신의 품으로 돌아가는 것으로 여기는 정도로.

갠지스 강가로 떠내려가는 잿더미를 바라보며 되뇌었다.

'그래, 여기가 바라나시였지. 삶이 피고 지는 것을 초연하게 대하는 인도인의 생과 사가 공존하는 곳.'

강물 따라 걷다 보니 끝이 보이지 않을 것만 같았던 가트 끝에 다다랐다. 출발할 때는 까마득해 보였었는데…….

영원할 거라 믿었던 이십대의 뜨거웠던 날들이 기억 저편 너머에 있는 것처럼 나는 어느덧 삼십대의 중반에 다다랐다. 나는 지금 생과 사의 어디쯤 있는 것일까? 무한할 것 같은 마음으로 살았던 지난날을 돌아보았다. 유한한 삶에 불필요한 욕심과 근심을 조금씩 거둘 필요가 있겠다.

사진을 보다가

Chapter I

여러 개로 분류해 놓은 폴더 속에 드문드문 등장하는 그가 있다

그와 함께 했던 시간들 속에는 나의 사진이 더 많았다

사진을 보고 있으니 나를 바라보던 그의 따뜻한 시선이 느껴진다

평생 살아오면서 찍은 사진보다 그를 만나는 동안

그가 찍어준 내 사진이 더 많은 것 같다

그는 나의 사소한 행동 하나하나까지 카메라에 담았다

어리석고 소중함을 몰랐던 그 시절 그와의 인연은 거기까지였다

언제까지 이 사진들을 보며 향수에 잠기게 될지는 알 수 없다

언제 또 이 사진들을 열어 볼지도 알 수 없다

예전의 이기적인 나였다면 이 사진들을 바로 지웠겠지만

그때보다 조금은 성숙해진 지금

그와 함께 한 시간과 기억에 대한 예의를 지키고 싶다

이제는 저 멀리 풍경으로 남겨진 기억 한 편의 사진을

한 장 한 장 천천히 갠지스강에 띄워 보냈다

안녕, 바라나시

Chapter I

바라나시에서의 셋째 날. 여느 날처럼 갠지스 강과 함께 삶이 흐른다. 나른한 오후 더위를 피해 강가로 물놀이 나온 가족, 손님이 없을 때 배 위에서 낮잠을 청하는 뱃사공, 모처럼 잘 나온 카드패를 쥐어 들고 쾌재를 부르는 사나이 등등, 신분은 다를지라도 저마다의 방식으로 바라나시를 즐기는 풍경이 한없이 정겹다.

2박 3일의 짧은 시간 동안 이곳에 머물며 느낀 것은 갠지스의 강물처럼 넓고 깊다. 물질이 풍족하진 않지만 정신의 풍요로움이 느껴진다. 이곳을 오기 전까지 품었던 걱정과 편견들이 강가의 풍경 그리고 인도인의 미소에 바람과 함께 먼지처럼 사라졌다.

바라나시를 떠나기 전, 노점에서 볶음국수와 모모*로 한 끼를 해결하고 짜이**를 마셨다. 100루피, 우리 돈으로 2천원도 안 되는 가격에 한끼 식사와 디저트까지 해결했다. 자신들의 음식을 맛있게 먹는 이방인의 모습이 꽤나 흐뭇한 듯 말 대신 표정으로 감사 인사를 전하는 이들. 모든 인도인의 친절이 거짓은 아니었다.

*짜이Chai: 홍차에 우유, 설탕, 향신료 등을 넣어 만든 인도식 밀크티
**모모Momo: 고기 없이 만드는 티벳식 만두

　기차를 타기 전 과일가게에 들러 사과와 바나나를 샀다. 이젠 인도인들과 홍정도. 제법 할 줄 안다. 바라나시 그리고 인도에 어느 정도 익숙해 질 즈음, 다음 목적지인 아그라행 기차에 몸을 실었다.

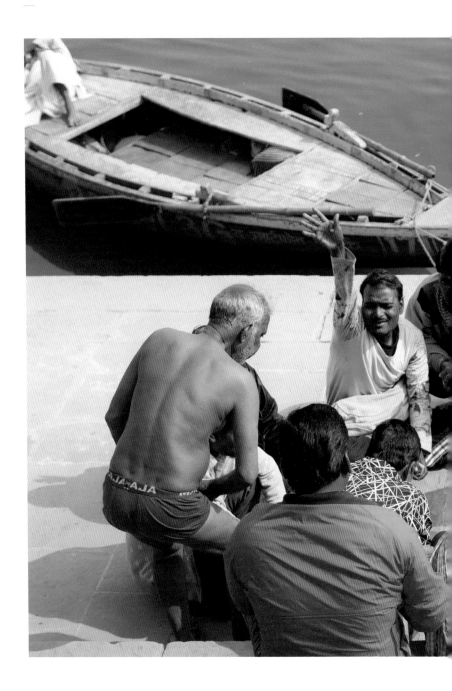

새하얀 거짓말

Chapter I

아그라에 도착한 후 짐을 풀고 저녁 식사를 하기 위해 탄두리 요리가 맛있다는 레스토랑에 들렀다. 치킨과 커리를 주문했는데 레스토랑 직원이 식사 도중 서너 번을 찾아와 음식 맛은 어떤지 필요한 건 없는지를 묻는다. 식사를 마치고 계산을 하려 하자 당당히 팁을 요구한다. 친절이 과하다 싶을 땐 의심부터 해야 한다는 것을 다시금 느끼며, 팁으로 50루피를 지불하고 레스토랑을 나섰다.

다음날 아침 아그라를 방문한 유일한 목적, 타지마할로 향했다. 선한 인상의 릭샤왈라가 어디서 왔는지, 며칠을 머무는지 이것저것 묻기 시작한다. 열심히 대화에 응하자 이내 속내를 드러낸다. 타지마할에는 배낭 보관하는 곳이 없으니 본인이 여기서 기다리며 짐을 맡아주겠다고 돈을 내놓으라 한다.

'또 당할 순 없지!'

락커를 찾아 짐을 보관하고 티켓을 구매했다. 궁전 입구에는 이른 시각부터 많은 잡화상이 모여 있다. 여덟 살 정도로 보이는 소년이 유창하게 영어를 구사하며 타지마할 스노우볼을 200루피에 사라고 들이민다.

홍정에 홍정을 거듭해 결국 20루피에 낙찰. 원가의 10배 이상 가격을 부르다니! 코웃음이 났다. 아무렇지도 않게 바가지 가격을 부르는 이들의 거짓말이 조금씩 귀엽게 느껴지기 시작했다. 그들의 거짓말엔 죄책감이 없다.

생존을 위한 새하얀 거짓말이기에.

'영원히 사랑해, 너 없이 못 살 것 같아' 등등 사랑이란 것을 할 때 쏟아냈던 무수한 말들이 떠오른다. 어느 유행가의 가사처럼 헤어지고 난 뒤에도 난 밥만 잘 먹었다. 시간이 흐른 지금 이 또한 '새하얀 거짓말'이 되어버린 걸까.

세상에서 가장 아름다운 무덤

Chapter I

타지마할. 어릴 적부터 죽기 전에 한 번은 꼭 가봐야 한다고 뇌새김 당한 곳 중 하나이다. 영화나 책으로만 접하던 하얀 궁 안에 들어서는 순간 절로 탄성이 내질러진다. 궁 안에 들어서는 순간 절로 탄성이 내질러진다. 죽은 왕비에 대한 애틋한 사랑을 건축물로 승화시킨 위대한 예술! 건축으로 나라의 위상을 세우려던 황제의 욕망으로 만들어진 작품인 만큼 장엄하기 이를 데 없다. 분수정원을 품은 타지마할 전경은 한 폭의 그림을 보는 것도 같다.

남다른 예술적 재능을 타고났던 황제 샤 자한이 국고를 탕진해가며 22년 동안 지은 타지마할. 얼마나 많은 돈과 정성을 쏟아 부었는지 그 결과가 건축물에 고스란히 녹아져 있다. 고급 대리석 위에 정밀하게 수놓아진 조각들, 정확히 좌우 대칭을 이루는 정교함까지, 최고의 예술작품이라 말해도 손색이 없을 정도다.

단체 관광객을 인솔하고 온 가이드가 풀어놓는 황제 샤 자한과 왕비 뭄타즈 마할의 러브스토리를 듣고 있자니 죽음도 사랑을 갈라놓을 수는 없구나 싶다. 한시도 떨어져 있기를 싫어해 전쟁터까지도 함께 다녔다고 할 만큼 사랑이 깊었다고 한다. 이들에게는 14명의 자녀가 있었는데 마지막 아이를 출산하다가 왕비가 세상을 떠났고, 샤 자한은 그런 그녀를 위해 세상에서 유일무이한 아름다운 무덤을 지었다. 거기서 끝이 아니었다. 황제는 타지마할이 바라다보이는 언덕 위에 아그라 성을 짓고 그곳에서 매일 같이 타지마할을 보며 슬퍼했다고 한다.

이야기를 듣고 있자니 타지마할이 다르게 보이기 시작한다. 섬세하면서 유려한 선들로 이루어진 순백색 건축물이 주는 우아함과 더불어 이 공간 안에 녹아든 사랑의 숭고함 또한 느껴진다. 이 순간만큼은 '사랑'을 믿기로 했다. 아니 믿고 싶어졌다. 샤 자한이 세상을 떠난 후 그녀 옆에 나란히 묻혔을 때 그의 슬픈 사랑이 다시 시작되었기를 바라며……

길들여진다는 것
Chapter I

점심으로 인도 가정식 백반이라고 알려진 탈리를 주문했다. 푸짐한 양과 자극적인 맛에 놀라면서도 맛있게 먹었다. 몇 시간 후, 화장실을 수시로 들락거리며 기차역으로 이동하는 내내 복통에 시달렸다. 탈리가 도화선이 될 줄이야. 그렇게 혹독한 인도 물갈이가 시작됐다.

아그라칸트역에서 저녁 7시 기차를 타고 새벽 1시 자이푸르에 도착하는 내내 발열, 기침, 오한, 복통, 설사에 시달렸다. 역에서 숙소까지 고작 200미터 정도의 거리를 야간할증료까지 붙여 100루피나 주고 릭샤를 타고 갔다. 흥정할 힘도 없었다. 새벽 내내 설사와 구토를 반복하고 이튿날은 꼬박 누워만 지냈다. 전형적인 인도 물갈이 증상이었다.

아무래도 바라나시에서 먹은 (갠지스 강물로 만든?) 짜이와 국물 요리가 원인인듯 싶었다. 스스럼없이 길거리 음식을 사 먹은 것도, 인도를 만만하게 여겼던 것도 모두 후회로 밀려왔다. 우리나라에서 가져간 약들은 아무 소용이 없었다. 열심히 정보 검색을 한 후 현지에서 파는 지사제와 탈수방지제를 먹고서야 간신히 몸을 추스를 수 있었다. 물갈이는 일주일 정도 후 멈췄다.

인도를 받아들이는 과정이 이리 혹독할 줄이야. 온전히 비워내기만 하다 며칠이 지나서야 겨우 음료수 정도는 마실 수 있게 됐다. 이렇게 또 한 번 인도를 경험하고 배웠다. 새로운 것을 받아들이려면 비울 줄도 알아야 한다는 사실과 함께. 길들여지는 과정은 꽤나 혹독하다. 사랑도 그러하다.

"내 생활은 복잡할 게 없어. 그래서 아주 지루해.
하지만 네가 나를 길들이면 내 생활은 빛으로 가득 차게 될 거야.
넌 세상에 하나 밖에 없는 소년이 되고
난 세상에 하나 밖에 없는 여우가 되는거지."

– 「어린왕자」 중에서

여우는 어린왕자에게 자신을 길들이는 과정에서 매일 같은 행동을 반복하라고 한다. 매일 같은 시각, 같은 행동을 하는 어린왕자 역시 여우에게 길들여져가는 것이기에 이는 곧 평등한(?) 관계로 성립한다. 사랑 또한 서로 평등한 관계에서 이상적인 것이 아닐까. 삶의 무게가, 결이 다른 두 사람이 만나서 서로를 길들이려고 할 때 의도치 않은 상처를 남긴다.

사랑의 무게가 한쪽으로 치우치면 불안감과 불편함이 생겨난다. 억지로 맞는 척, 괜찮은 척 하다가 되려 스스로에게 상처를 입히기도 한다. 나 또한 그 생채기가 오래 머무를 때 '다시는 사랑 따윈 하지 않겠다'고 수차례 결심을 했지만. 사람의 의지로 할 수 없는 일, 그것이 인연이며 운명이 아닐까.

Chapter II

사막의
노래

멀어질 때 빛나는: 인도愛서

첫인상
Chapter II

밤기차를 타고 황금도시 자이살메르로 향했다. 처음으로 기차가 연착되지 않고 제시간에 맞춰 운행됐는데 그게 그렇게나 기쁠 수가 없다. 새벽 다섯 시. 예약해 둔 호텔을 찾았다. 체크인 시간까지는 다섯 시간이나 남았는데 열두 시간 기차를 타고 왔다고 이야기하니 호텔 지배인이 현관 옆 자기가 묶는 방을 내어주며 체크인 시간까지 쉬라고 한다. 쾌쾌한 담배 냄새가 배인 낡은 방이었지만, 그 순간만큼은 여느 고급호텔의 스위트룸보다 편안하고 따뜻했다. 호텔 지배인은 따뜻한 차 한 잔을 가져다 준 후 나즈막한 목소리로 최근 화폐개혁으로 혼잡해진 인도 분위기 및 경제 정세에 대해 친절히 설명해줬다. 차가운 새벽 낯선 도시, 자이살메르에서 처음 만난 인도인의 따뜻한 배려에 이 도시의 첫인상이 만들어졌다.

지배인과 대화를 나누며 첫인상을 좌우하는 것이 단순히 사람의 얼굴이 아니라는 사실에 대해 다시금 느꼈다. 허름한 용모와 낡은 외투를 걸친 허스키한 목소리의 이 인도인이 무척이나 사랑스럽게 느껴졌다. '첫눈에 반하다' 이 얼마나 로맨틱한 문장인가. 짧은 순간 누군가에게 강렬히 끌려 본 적이 있는 사람이라면 알 것이다. 사람이 사람에게 끌리는 것은 결코 외모가 아니라는 사실을.

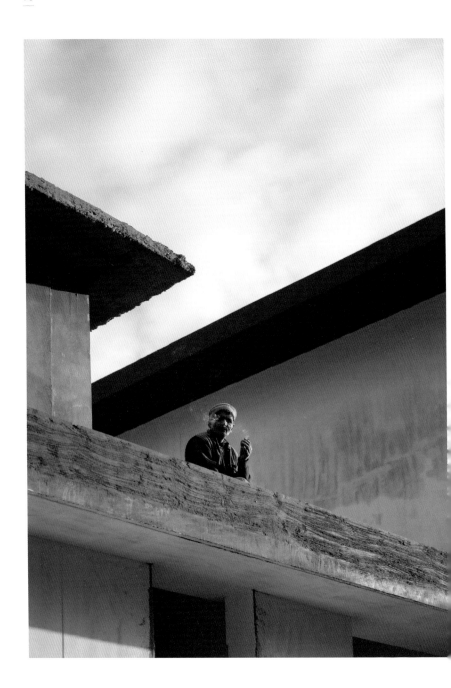

부족한 것은

소리를 내지만

그러나 가득 차게 되면 조용해진다

어리석은 자는 물이

반쯤 남은

물병과 같고

지혜로운 이는 눈물이

가득 담긴 연못과 같다

– 수타니파타

국물 한 스푼, 눈물 한 모금
Chapter II

물갈이를 겪고 한동안 인도음식을 안 먹겠다고 다짐하니 한식이 몹시 그리워졌다. 자이살메르에 꽤 유명한 한식당이 있다는 정보를 접하고 한달음에 달려가 칼국수와 비빔밥을 시켰는데 국물 한 술에 눈물 한 모금이 날 뻔했다. 약국에서 과식이나 자극적인 것은 피하랬는데 이 음식이라면 먹고 하루 정도 더 아파도 되겠다 싶을 만큼 맛있었다.

'이 식당 주인장이 분명 한국을 다녀온 게 틀림없어. 아니면 이런 맛을 표현할 수 없을 거야.'

한국에 있을 땐 즐겨 찾는 메뉴도 아니었는데 왜 이렇게 맛있는 건지. 라면에 김치가 왜 이리도 먹고 싶은 건지. 조금만 멀리 떨어져도 이리 그리운 것을 왜 곁에 있을 땐 몰랐던 건지. 소중한 것들의 의미가 조금씩 퇴색되어 갈 때 여행을 떠나는 것도 좋겠다.

석양빛으로 물들어가는 자이살메르성을 바라보며 다짐했다. 자이살메르에서의 모든 끼니는 이곳에서 해결하기로.

이곳에서 먹은 국물 한 스푼은 단순히 맛있다는 미각을 뛰어 넘어 나의 신경계를 자극하고 그리움이라는 향수를 불러일으켰다. 말로만 듣던 '눈물 나는 맛'이란 게 바로 이런 거구나 싶었다.

보금자리
Chapter II

루프 탑 레스토랑에서 식사를 기다리는 동안 마을 전경을 둘러보는데 뷰 파인더 너머로 나를 향한 여러 시선들이 보이기 시작했다. 이방인을 향해 보내는 정겨운 눈인사에 잠시 카메라를 내리고 미소로 화답한다. 온 가족이 폐허가 된 공간에 함께 모여 살 수 있는 새로운 보금자리를 짓는 중이다. 30도가 넘는 뜨거운 날씨에 짜증이 날 법도 한데, 그들은 무엇이 그리도 즐거운지 싱글벙글 콧노래까지 흥얼거린다. 옷가지는 땀으로 흥건해졌어도 마음은 뽀송뽀송해 보이는 그들의 노동이 전혀 고되게 느껴지지 않는다. 초롱초롱 빛나는 눈빛이 말해준다.

나도 유년시절까지 삼대가 한 집에 모여 살았다. 그리 넉넉하진 않았지만 가족이라는 울타리 안에서 안위했다. 부모님의 이혼, 아버지의 빚보증. 드라마에서만 보던 일들이 어린 내게도 일어났다. 가족이라는 울타리는 부서졌다. 이십대 초반 남들보다 조금은 일찍 독립해 긴 시간을 스스로 살며 뭐든 혼자에 익숙해졌다.

이제는 가족 모임 자리 조차도 어색해진 나에겐 조금은 퇴색된 집과 가족의 의미. 하지만 서로에 대한 상처 속에서도 마음 속 깊은 곳엔 알 수 없는 고즈넉한 감정들을 함께 느끼던, 서로에게 늘 미안하고 고마운 존재. 이 낯선 땅에서 서로를 다독이는 저들을 바라보며 다시금 그 의미를 새겨본다.

사막의 노래

Chapter II

사막의 황금빛 모래를 손에 한 움큼 쥐었다 폈다

바람에 몸을 기댄 채

고요히 노래를 시작한다

보드라운 살결이 햇살에 부서진다

덧없는 상념이 바람결에 사라진다

미처 몰랐던 것들

Chapter II

낙타사파리투어를 마치고 이튿날 떠오르는 태양을 보며 결심했다. 2년 후, 다시 인도행 티켓을 끊어 자이살메르에 오겠다고. 그땐 꼭 삼각대를 챙겨오겠노라고. 오기 전까지는 미처 몰랐다. 이곳에 다시 오고 싶어질 줄은.

사실 자이살메르는 출국 전까지 일정에 넣었다 뺐다를 반복하며 고민하던 도시였다. 그래도 낙타사파리는 꼭 한 번 해보자 하는 마음으로 이곳을 찾았다. 기대가 없었기에 감동이 배가 됐던 걸까? 만나는 사람 모두 친절하고 마을 풍경 또한 소박하고 정겹다. 해가 뜨고 해가 질 무렵 골든시티라는 이름만큼 도시 전체가 금빛으로 물드는 풍광은 형언하기 어려울 정도로 아름다웠다. 우리나라였다면 그저 하루가 피고 지는 평범한 일상의 한 순간이었을 그 시간을 늘 설레는 마음으로 기다리고 맞이했다.

고대하던 낙타사파리투어. 낙타 등에 안장과 두꺼운 담요까지 올렸지만 한걸음 내딛을 때마다 녀석의 등뼈가 내 꼬리뼈를 강타했다. 낙타는 나의 고통은 아랑곳하지 않은 채 트림, 재채기 등의 생리활동을 번갈아 하며 강렬한 태양빛이 내리쬐는 그늘 한 조각 없는 광활한 사막을 느긋한 걸음으로 나아갔다. 참을 수 없는 고통이 지속됐다. 캠프까지 도착하려면 앞으로 한 시간이 걸린다는데 결단을 내려야했다. 여기서 내려 낙타꾼과 함께 광활한 사막을 걸어가며 종아리의 고통을 감내할 것인지, 아니면 계속 낙타에 의지한 채 둔부의 고통을 감내할 것인지를.

황량한 사막 위를 쓸쓸히 걷고 있노라니 곁에 벗이 하나 생겼다. 아니, 이 녀석 늘 하릴없이 날 따라다녔던 거다. 때로는 묵묵히 때로는 괴롭히기도 하면서 내 곁에 함께 했다. 이제 좀 떠나가도 될 법한데 스토커 마냥 여기저기 쫓아다니니 여간 귀찮은 게 아니다. 몰랐다. 이토록 귀찮게 느껴졌던 그림자가 사막 한 가운데서는 내 유일한 벗이 될 줄이야.

생각의 여름

Chapter II

생각에도 계절이 찾아온다

그 시절 여름

나는 없었다

짙은 구름 속을 거닐며 나는

어떤 꿈을 꾸고 있었는가

쓸쓸한 계절은

표정없이 흘러갔으나

나는

없었다

인도의 여름

그 태양의 온기와 함께

나는 존재한다

골목 안 풍경

Chapter II

오밀조밀 밀집된 가구들, 좁은 골목길이 굽이굽이 이어진 아기자기한 마을 조드푸르. 아이들, 강아지 뛰어노는 소리로 북적거리고 모락모락 밥 지어지는 고소한 연기가 피어오르는 사람 냄새 그득한 풍경을 한참이나 넋 놓고 바라본다. 정겨운 마을 모습을 보고 있자니 우리나라 70~80년대 정겨웠던 골목 안의 풍경을 담았던 한국을 대표하는 다큐멘터리 사진작가 故 김기찬의 사진들이 떠오른다.

대학시절 도서관에서 처음 그의 사진집을 보고 눈물을 왈칵 쏟았던 기억이 있다. 그의 사진들은 입시를 준비하며 암기하듯 외웠던 현대사진작가들의 세련되고 개념을 중시한 사진들과는 차원이 달랐다. 사진의 예술성보다는 기록성에 기초한 그의 사진들은 정직했고 담백했다. 그런 그의 사진들은 내게 큰 울림으로 다가왔다.

아스라이 사라져가는 옛 정취 가득한 골목 안을 바라보고 있으니 그의 따뜻한 시선을 마주할 수 있었다. 비싼 카메라가 아닌 뜨거운 가슴을 지녀야 좋은 사진을 찍을 수 있다는 것, 사진으로 감동을 줄 수 있다는 것을 그때 느꼈다. 그는 나의 사진사에 가장 큰 영향을 미친 작가였다.

골목 안을 구석구석 살피다 보니 이 안에 살아가는 사람들은 옷가지는 촌스럽고 상차림 또한 초라하지만 이를 부끄러이 여기지 않는다. 낯선 이방인을 배척하기 보다는 환한 미소를 지어줄 수 있는 여유를 가졌다.

내가 사는 도시에는 이 같은 골목길을 찾아보기 힘들다. 레고 같은 정형화된 고층건물이 즐비하게 늘어서 빌딩숲을 이루고 있다. 옆집에 누가 사는지조차 모르며, 혹여라도 마주치는 게 불편할까 문소리라도 들리면 걸음을 늦춘다. 삶의 수준과 질은 높아진 만큼 마음의 벽도 높아졌나 보다.

　동네 마실에 나선 소와 아낙들, 카메라를 든 이방인을 마냥 신기해하며 바라보는 강아지와 아이들, 어린 손자를 안고 나와 골목 안 원숭이에게 끼니를 나누게 하는 노인. 영화 촬영 소식에 온 동네 사람이 골목을 가득 채우고 마을축제라도 되는 냥 즐거워한다. 인도에 깊숙이 들어올수록 도시생활에서 느껴보지 못한 것들에 익숙해 지면서 나는 소박한 사람들과 소담한 마을 풍경의 일부가 되어 간다.

닿음

손끝이 손끝과 닿아질 때
눈빛이 눈빛과 이어질 때
마음이 마음과 마주할 때

존재를 초월한 그들의
순수한 연이 시작된다

아이가 전하는 빵 한 조각에는
따뜻한 온기와 사랑이 담겼다
아이에게도 원숭이에게도
삶의 한 조각이 되는 순간

그 찰나를 카메라에 담는다

수 천 킬로미터 너머의 세상
차갑고 냉정한 도시에 사는
낯선 이들에게 전하기 위해

취하고 싶은 날

Chapter II

마을 전경이 한 눈에 보이는 루프탑에 올라
킹피셔* 한 잔을 들이켰다

시원하게 불어오는 서녘 바람을 입고
톡 쏘는 탄산의 청량감을 삼키니
머리가 맑아지는 기분이다

아무 근심 걱정 없는 지금 이 순간
황금빛 햇살을 머금은 상냥한 바람에
머리결이 춤을 추기 시작한다

괜스레 취하고 싶어지는 날

*킹피셔: 가장 높은 판매율을 점유하는 인도 대표 맥주

시간여행
Chapter II

커튼 사이로 스미는 강렬한 빛이 세월에 가려진 기억들을 떠오르게 했다. 외장하드 속 사진들을 한 장씩 꺼내어 보다 이제는 그리운 장소, 그리운 시간이 되어버린 그 시절, 그 사람을 떠올렸다.

이렇게 많은 사람들이 사는 세상에서
유일하게 나를 사랑해 주었던 한 사람입니다
내가 감기로 고생할 때 내 기침소리에 그 사람 하도 가슴 아파하여
기침 한번 마음껏 못하게 해주던 그런 사람입니다

– 원태연 「그런 사람 또 없습니다」 중에서

혈혈단신으로 서울에서 생활하던 시절, 늘 더해주지 못해 미안해만 하던 그는 당시 내게 가장 고마운 사람이었다. 사랑은 주고 받는 것이 아니라 주는 데에서 더 큰 행복을 느끼는 것임을 내게 알려준 사람. 이제 그는 아스라한 시간 저편에 홀로 머물고 있다.

　지난 세월이 불러다주는 훈훈한 바람이 기억의 편린들을 모으기 시작했다. 허전하며 고마운 사랑의 기억들은 이내 먹먹함으로 번져 시야를 가렸다. 십 년이면 강산도 변한다 하던데 내 기억은, 내 마음은 그렇지 못한가 보다.

　이어폰을 꽂고 그 시절 즐겨 듣던 음악을 틀었다. 늦은 오후의 햇살과 따뜻한 온기, 익숙한 멜로디는 조명이 환히 켜진 카페 공간에서 조용히 나를 분리시켜 주었다. 모든 것이 정지되어 있는 듯한 토요일 오후. 내 안의 고요히 흐르는 강물을 타고 시간여행을 떠났다. 기억의 편린을 가져온 멈춰진 바람의 흔적들이 소리없이 사라지기 전 카메라를 꺼내 들었다.

있는 집 자식, 없는 집 자식

Chapter II

이른 아침 메헤르가르성에 오르는 길에 새빨간 교복을 입고 새가방을 멘, 머리에는 기름칠로 한껏 멋을 낸 소년들을 만났다. 외모에서도 눈빛에서도 딱 봐도 높은 계급 집안의 자녀들이었다. 카메라를 보더니 요청하지도 않았는데 팬서비스라도 해주듯 포즈를 취한다. 한 손은 주머니에 찔러 넣고 오른손을 가볍게 올린 소년과 쌍브이를 한 2대8 가르마의 소년을 보며 그동안 내가 접한 인도와는 또다른 세계가 존재하는 것을 느꼈다. 헛헛한 웃음을 짓고서는 걸음을 이었다.

성에 가까이 이르자 한 소녀와 마주한다. 헝클어진 머리에 하의를 탈의한채 작은 몸을 난간에 기대고 있는 소녀는 말끔히 꾸미고 학교로 향하는 또래의 친구들을 보며 무슨 생각을 하고 있는 것일까. 아이들의 모습이 사라지자 소녀는 이른 아침부터 성 안을 청소하는 어머니를 대신하여 어린 동생들을 돌보러 어두컴컴한 집 안으로 들어선다. 길 하나를 사이에 두고 전혀 다른 삶을 살아가는 그들의 일상 다른 세계를 보는 듯 했다. 먼 훗날 태어나게 될 이 소녀의 아이 또한 이와 같은 생을 보내게 될까.

방

Chapter II

누구나 마음 속에 방이 있다
그 사람의 방에는
기대감을 채워주는 무언가가 존재한다
그의 방에 들러 한창을 놀다 나오니
내 방에도 햇살이 들기 시작한다

어지러운 내 방도 정리가 필요하다
욕심欲心을 거둬내고 진심眞心을 채워본다

기대에 기대지 말 것

Chapter II

호반의 도시라 불리는 우다이푸르에 도착했다. 우리나라 일산 신도시 같은 느낌이 드는 이곳은 인도인들에게 신혼여행지로 각광받는 곳이기도 하다. 좁은 골목으로 구성된 조르푸르와는 상반된 널찍하게 늘어선 길 위로 상점들이 즐비하고 쓰레기를 찾아보기 힘들 정도로 도시가 매우 깔끔하다. 이곳에 오기 전까지 마주했던 다른 도시들과는 모든 것이 확연히 달랐고, 유독 한국인 관광객을 많이 만날 수 있는 도시였다.

우다이푸르에서는 5일간 머물렀는데 다른 도시에 비해 치안과 청결은 우수했지만 아쉽게도 가슴이 뜨거워지는 일은 없었다. 인도에 익숙해진 것이 이유일 수 있고 아는 것이 독이 되고 기대가 실망을 낳았을 수도 있다. 신혼여행지로 유명하다 하여 동남아 휴양지 분위기를 내심 바랐던 걸까. 타 도시에 비해 경관이 더 빼어나지도 물가가 저렴하지도 않았다. 음식이 더 뛰어나지도 사람들이 친절하지도 않았다. 이곳을 다녀간 사람들의 리뷰를 너무 신뢰했던 걸까. 별 기대 없이 찾았던 다른 도시들과는 반대로 많은 정보를 접하고 상상했던 것이 문제였다. 우다이푸르 일정을 유독 길게 잡았기에 남은 날들이 슬슬 걱정되기 시작했다.

인도에 와서 몇번의 실망을 했지만 이번에는 실망으로만 끝나지 않았다. 실망을 뒤집으면 기대가 된다 했던가. 나에게 감흥을 준 것은 신혼여행지로

소개되었던 사진 속 화려한 풍경들이 아니었다. 빨래하는 아낙이 아무렇게나 널어 놓은 옷가지들이 햇살을 담아 빛을 뿜어낼 때 난 셔터를 멈출 수 없었다. 자색 옷 사이로 펼쳐진 천연의 물감이 한 여인의 삶을 찬란한 빛으로 이야기하고 있었다.

화이트시티 우다이푸르에서 또 하나를 깨달았다. 너무 많은 기대가 오히려 여행에 폐가 될 수 있다는 것을, 그것이 삶에서 또한 방해가 될 수 있다는 것을, 먼 곳에서 새로운 것을 찾으려 하지 말 것을, 바라보는 시선의 깊이에 따라 평범한 일상도 특별해질 수 있다는 것을, 그리고 미처 생각하지 못한 곳에서 아름다움을 발견할 수 있다는 것을.

이곳에 머무는 동안은 그저 지친 여독을 풀고 한껏 게으름을 피우기로 마음먹었다. 내가 묵은 숙소는 Chilax라는 곳인데 '쿨하게 안심하라'라는 뜻의 상호를 내걸 만큼 이곳의 음식과 서비스는 우수했다. 자신을 '바리스타'라 소개하는 인도 청년이 만들어준 커피는 이번 여행 중 마신 커피 가운데 가장 맛있었다. 묵직한 향기를 머금은 갈색빛 커피가 화이트시티 우다이푸르에 대한 아쉬웠던 마음을 달래줬다.

늦은 점심을 먹고 강가로 향했다. 이곳 사람들 역시 강가에서 하루를 시작하고 마무리한다. 마른 햇살에 빨래가 뽀송하게 마르기를 기대하는 백발 성성한 노인, 일몰을 기다리며 고단한 일상을 나누는 여인들, 만족스럽지 못한 하루를 강물에 띄워 보내는 노인과 소녀. 멀리서 바라볼 때 아름다운 모자이크처럼 다양한 군상들이 삶을 이루고 생을 노래한다.

Starbucks in India

우다이푸르에서 맥그로드간즈로 가기 위해서는 델리를 거쳐야 한다. 여전히 시끄럽고 북적대는, 이제는 눈에 보이는 거짓말들이 난무하는 도시. 그래도 두 번째 방문이다 보니 처음 왔을 때 느꼈던 긴장감은 사라지고 약간의 편안함이 느껴졌다.

델리의 핫플레이스라 불리는 코넛플레이스에 있는 스타벅스를 찾았다. 인도 상류층만 찾는다는 이곳의 아메리카노 가격은 한 잔에 185루피. 커피 값은135루피인데 거기에 50루피가 각종 명목의 세금으로 붙는다. 카스트제도 하층민에 속하는 이들에게 이 커피 한 잔 가격은 온종일 뙤약볕 아래 죽어라 일해도 만질 수 없는 큰 금액이다. 그들이 평생 가 볼 수 없는 고급 레스토랑의 한 끼 식사가격임에도 부유한 옷차림의 인도인들과 외국인 여행객으로 종일 붐비는 스타벅스는 인도인들에게도 이미 하나의 문화공간으로 자리 잡아가는 모습이다.

햇살을 이불 삼아 잠을 청하는 사람들, 골목 안이 주방이 되고 아이들의 놀이터이자 삶의 공간인 그들에게 스타벅스는 별.과.같.은. 존재일 것이다. 별의 아름다움에는 어두운 이면이 있다는 것을 그들은 알고 있는 것일까.

어쩌면 그 아름다워 보이는 별을 바라보지 않는 것이 행복일지 모른다는 생각을 해 본다.

나도 한때는 별을 쫓은 적이 있었다. 닿을 수 없는 허상을 쫓아 깊은 밤거리를 헤매며 칠흑같은 시간을 보냈다. 그곳에 결코 다다를 수 없다는 것을 알면서도 쉽게 포기하지 못했다. 스스로의 한계를 인정하지 않았다. 사진을 전공하면 반드시 유명한 사진작가가 되어야 한다고 생각했다. 이쁜 포장지로 부족한 나를 감싸듯, 유학을 가야만 한다고 믿었다.

소득 없는 수 년의 방황, 다시 제자리로 돌아왔다. 내 자신을 돌아봤다. 유명해지기 위해서 시작한 사진이 아니었고, 세계적인 작가가 되기 위해서 사진을 찍는 것이 아니었다. 본질은 '사진이 좋아서'였다는 것을. 그제서야 나의 깊은 밤에 수놓아진 별을 더 이상 쫓지 않게 됐다.

그래서일까. 허상을 쫓는다기보다는 자의던 타의던 주어진 모습만으로 살아가는 사람들이 있는 이곳, 인도의 밤하늘이 유난히 더 빛나는 것은.

Chapter III

연의
바람

멀어질 때 빛나는: 인도愛서

북인도의 겨울
Chapter III

맥그로드간즈로 떠나기 전, 파하르간즈 시장에 들러 북인도에서 입을 후드티셔츠를 골랐다. Nice, Adidos, Poma 등 유명(?) 브랜드가 어찌나 많은지 고심 끝에 셔츠 두 장을 깎고 깎아 500루피에 구매했다. 어느새 난 밀당의 고수가 되어있었다. 식당에서 우연히 만난 여행객들에게 북인도 일정에 대해 이야기하니 하나같이 우려 섞인 목소리를 냈다. 지금 그곳을 왜 가느냐부터 시작해 비수기라 대부분 상점이 문을 닫았고 굉장히 추울 거라 했다. 그래도 영하 10도까지 내려갔다는 우리나라 겨울만 할까 싶었다.

야간버스를 타고 열두 시간 굽이굽이한 길을 달려 다음날 아침 일곱 시, 맥그로드간즈 버스터미널에 도착했다. 짙은 안개가 마을을 뒤덮고 있었다. 매번 온라인으로 미리 숙소를 예약하다가 이번에는 직접 보고 선택할 요량으로 무작정 와서 여행 책자에서 추천한 몇몇 게스트하우스에 들렀다.

숙소 주인장은 비수기에도 당당히 성수기요금을 요구했다. 히말라야 산자락과 마을 전경이 한눈에 보이는 뷰가 마음에 들어 일단은 방을 한 번 둘러보기로 했다. 주인장이 강력하게 추천한 방은 창틈으로 찬바람이 쌩쌩 들이치고 온수조차 제대로 나오지 않는 불량한 방이었다.

4일 동안이나 묵어야 하는데 이곳은 정말 아니다 싶어 뒤도 안 돌아 보고 그곳을 나왔다. 한 시간 이상을 헤매이며 몇 군데를 더 둘러본 후에야 마침 내 온수가 나오는 전망 좋은 방을 구할 수 있었다.

대략 짐을 풀고 숙소를 나서 메인 광장으로 향했다. 매서운 바람이 귓불을 때리고 하늘 가득 뒤덮은 먹구름이 당장 무엇이라도 쏟아 부을 기세였다. 사람들의 우려가 현실이 되었다. 30도를 웃도는 인도 기온에 익숙해졌던 나에게 하루 새 깊은 겨울이 찾아왔다. 북인도의 겨울은 가혹했다. 지난주까지 맑았다던 이곳은 하필 내가 도착한 날 영하의 기온과 강풍, 폭우 등 최악의 날씨를 선보였고 거리의 상점들도 3분의 1가량 문을 닫았다.

인도에서 비를 만날 거란 생각은 미처 하지 못했다. 급하게 구매한 우산 하나에 의지한 채 허기진 속을 채우기 위해 장대비 속을 헤쳐 나갔다. 우산도 북인도 겨울 날씨를 버텨내기 힘겨워했다. 흠뻑 젖은 생쥐꼴이 되어서야 겨우 식당에 도착했다. 하아~ 한숨 서린 입김이 대기에 서렸다. 북인도에서의 첫날은 그렇게 냉정하고 강렬한 인상을 남겼다.

이튿날 아침, 여전히 먹구름이 하늘을 뒤덮고 있지만 그럼에도 불구하고 오늘의 태양은 떠오른다. 가느다란 전선줄에 얽혀진 깃발들은 북인도 겨울의 매서운 바람에 정신없이 펄럭이지만 그 끈을 놓지 않는다. 모든 것을 포기하고 싶을 만큼 힘들었던 혹한의 계절, 휘몰아치는 강풍에도 흔들림 없던 믿음처럼.

낭만에 대하여
Chapter III

저녁을 먹기 위해 쏟아지는 빗줄기를 뚫고 피자가 맛있다는 레스토랑에 들렀다. 식당에 들어서자마자 정전! 순간 밝은 빛 속에서는 느낄 수 없는 영화 같은 장면이 눈앞으로 펼쳐진다. 누구도 당황하는 기색 없이 각자의 자리에서 하던 일을 이어간다. 종업원은 서빙을 하고 손님은 촛대의 불빛에 의지한 채 책을 읽고 식사를 이어갔다. 정전은 반복됐지만 우리나라였다면 기겁했을 상황들이 이곳에선 일상의 풍경들로 흘러간다.

음악 하나 흐르지 않는 적막한 공간에 흐르는 빛, 희망을 꿈꾸는 사람들의 눈빛, 암흑을 밝히는 촛대의 불빛, 그런 작은 빛들이 하나 둘 모여 서로를 응시하기 시작했다.

잠시 눈을 감고 영롱한 불빛 속을 거닐며 생각했다. 화려한 네온사인, 조명 가득한 공간에서 보지 못했던 것들이 얼마나 많았는지. 내가 살고 있는 곳에서는 왜 별을 볼 수 없었는지. 잦은 정전과 천둥번개를 동반한 세찬 빗줄기가 쏟아지는 낯선 이국땅이 나에게 들려주는 이야기들.

'가득 채워졌을 때는 미처 볼 수 없는 것들이 있다.'

샹그릴라가 존재한다면

Chapter III

어릴 적 TV에서 '샹그릴라'라는 미지의 세계에 대한 이야기를 다룬 프로그램을 본 적이 있다. 희미한 기억 속에 자리한 그곳은 걱정과 고통이 사라진 인류가 이상으로 그리는 지상 낙원이었다. 중학생이 되고서야 히말라야 깊은 산 속에 존재하는 줄로만 알았던 샹그릴라가 소설 「잃어버린 지평선」에 나오는 허구의 세계라는 사실을 알고 크게 실망했던 기억이 있다.

그 후 샹그릴라는 내 상상속에서만 존재했다. 취업, 결혼, 주택마련, 노후 대비 같은 걱정거리가 없고 남들과 비교하며 살지 않아도 되는 곳. 천혜의 자연이 그대로 보존되고 평온한 안락함만이 존재하는 곳. 그런 곳이 어디일까 아무리 생각해 보아도 지상 위에는 없었다. 상상의 세계는 일상에 묻혀 서서히 사라져 갔다.

사흘 동안 쏟아지던 비가 그쳤다. 묵혀뒀던 빨래를 챙겨 숙소 루프탑에 올랐다. 짙게 드리워졌던 먹구름이 조금씩 걷히며 저 멀리 히말라야의 산자락이 빼꼼히 모습을 드러낸다. 궂은 날씨를 버텨내고 맞이하는 풍광이 어릴 적 TV속의 샹그릴라를 떠오르게 했다. 일초마다 다른 모습을 선사하는 히말라야 산맥은 잠시 나를 현실세계에서 분리시켜 놓았다.

그곳을 향해 비상하는 독수리의 날개짓이 구름을 펼쳐 놓는다. 어쩌면 독수리는 알고 있지 않을까? 인간은 알 수 없는 미지의 세계로 향하는 길을.

여전히 춥고 흐리지만 마른 땅을 밟을 수 있다는 사실만으로도 기쁨에 찬 듯한 사람들로 거리가 북적거리기 시작했다. 낭만과 소박함 그리고 신비로움이 동시에 존재하는 맥그로드간즈. 만약 이상의 세계 샹그릴라가 존재한다면 왠지 이곳과 닮아 있을 것만 같다.

발걸음
Chapter III

　　여승 셋이 호젓이 산길을 지나간다. 앞뒤로 배낭을 짊어진 한 외국인 여행객이 지나가는 여승들을 붙잡고 한참이나 이야기를 나누더니 이내 만족스러운 표정으로 걸음을 옮긴다. 그의 무거웠던 발걸음이 조금은 가벼워 보인다. 여승들도 수줍음 가득한 미소를 머금고 가던 걸음을 잇는다. 그들의 표정과 발걸음은 노상 가볍다.

　아무 자취도 남기지 않는 발걸음으로 걸어가라
　닥치는 모든 일에 대해 어느 것 하나라도 마다 하지 않고
　긍정하는 대장부大丈夫가 되어라

　짐을 내려놓고 쉬어라
　쉼이 곧 수행이요, 대장부다운 살림살이이다

　짐을 내려놓지 않고서는 수고로움을 면할 수 없다
　먼 길을 가기도 어렵고 홀가분하게 나아가기도 어렵다

　　법정스님 「산은 구름을 탓하지 않는다」 중에서

중립지대
Chapter III

새벽 네 시에 도착한 마날리는 암흑 그 자체였다. 초행자의 길을 밝혀주는 건 밤하늘의 영롱한 별빛뿐. 주위를 볼 것도 없이 곧장 예약한 숙소로 향했다. 몇 차례 초인종을 눌러도 인기척이 없어 불안에 떨고 있을 때 잠에서 덜 깬 관리인이 주섬주섬 옷을 챙기며 빈방으로 안내했다. 샤워할 기력도 없어 침대에 그대로 뻗었다.

이튿날 아침, 따사로운 햇살을 걸치고 맨발로 발코니에 서니 푸른 하늘 아래 만년설로 뒤덮인 히말라야 산맥이 보이기 시작했다. 삼나무들이 빼곡히 심어진 산자락 아래로는 오밀조밀 목조주택들이 들어서 있다. 맑고 깨끗한 자연을 마주하고 있다 보니 해발 2000미터 고산지대에 놓인 작은 마을 마날리가 왜 인도의 스위스라 불리는지 이해가 되었다.

고요하고 평화롭다. 'Keep calm and stay neutral'이란 구호를 외치며 세계에서 유일하게 중립을 지켜온 나라 스위스처럼. 중립을 중시하였기에 그들은 세상의 숱한 분쟁과 갈등 속에서도 아름다운 자연 그대로를 간직할 수 있었고 역사를 보존할 수 있었다.

사람들 사이에는 섬이 있다
그 섬에 가고 싶다

– 정현종 「섬」

    사람들 사이의 갈등은 바로 공간, '사이'가 없어서 생기는 것이 아닐까? 불타오르는 사랑으로 우리의 간격을 얼마나 태워버렸던가. 그리하여 잃게 된 것들은 얼마나 많았던가.

숙소가 있던 올드 마날리는 유명하다고 알려진 레스토랑을 비롯해 웬만한 상점은 거의 문을 닫았다. 도시의 시끄러운 릭샤, 자동차 경적소리도 없을 뿐더러 비수기라 찾아오는 관광객도 없어 오롯이 자연과 나만 존재하는 듯 했다. 이곳도 종종 정전이 되긴 했으나 고작 1~2분 정도였다. 맥그로드간즈의 경험이 있었기에 이 정도는 예삿일로 가볍게 넘길 수 있었다.

여행 정보지에 없는 맛집을 찾아내 식사도 하고 이틀은 그저 한량처럼 보냈다. 이곳을 찾은 몇 안 되는 여행객들도, 비수기라 일거리가 없어 거리로 나온 주민도 개들도 모두 광합성을 즐긴다. 신기한 것은 이들의 눈빛에서 초조함이나 불안은 읽을 수 없다는 사실이다. 당장 돈벌이가 없어도 밥 굶을 걱정 따원 없다. 이들에 비하면 많은 물질을 가졌음에도 나는 늘 시간에 쫓기듯 살았다. 여유는 돈이 있어야 누리는 사치로 알았다.

인간人間. 사람을 나타내는 한자 인人과 사이를 뜻하는 한자 간間. 사람은 결코 혼자 살아갈 수 없는 존재이자 땅과 하늘 사이에서 살아가는 존재라는 의미를 담고 있다. 하늘과 가까운 곳에 터를 잡고 살아가는 이곳의 사람들. 가진 것이 많지 않아도 여유를 즐길 줄 아는 것은 이들이 일년 365일 새하얀 눈을 보며 하늘 가까이 살고 있기에 가능한 것일까?

신이 내린 선'물'

바쉬싯에 가면 삼겹살을 먹을 수 있는 한식당이 있다는 정보를 입수했다. 숙소가 있던 올드마날리에서 릭샤를 타고 30분 가량을 굽이굽이한 산길을 지나 그곳에 도착했다. 이럴 수가! 역시나 문을 닫았다. 비수기라며 북인도 행을 만류하던 사람들의 말을 들을 걸 하는 후회가 또 다시 밀려들었다. 이 곳에 와서 한달 여를 보내며 가끔 먹은 육류라고는 닭고기뿐이었다. 인구 대 부분이 힌두교인 인도에서 소고기는 상상도 할 수 없는 음식이며, 돼지는 천 한 동물로 취급해 이 또한 먹지 않는다고 한다. 근처 식당에서 파라타와 커 리로 아쉬운 마음을 대신하고 동네 구경에 나섰다.

바쉬싯은 온천마을로 유명하다. 온천 중에서도 피로회복, 치유, 개선 등 다양한 효능을 가지고 있는 유황온천이 흐르고 있어 특별함이 더해진 이곳 은 온천을 즐기기 위해 지역 주민은 물론 외부로부터 많은 관광객들이 몰려 든다. 사원 안에 마련된 작은 노천온천장은 큰 규모는 아니여도 어린시절 다 니던 동네목욕탕 같은 소박함이 있어 성겁다. 게다가 별도의 이용료가 없어 배낭여행객들에겐 이만한 관광명소가 없겠다 싶었다. 마날리의 상쾌한 바람 을 느끼며 온천욕을 즐기다 보니 신선놀음이 부럽지 않다.

모처럼 따사로운 햇살이 내리쬐는 오후, 삼삼오오 온천수가 나오는 곳으로 모여든다. 사람들은 밀렸던 빨래도 하고 씻고 먹는 데 필요한 물을 받아 집으로 나르랴 바쁘다. 내가 묵는 호텔에야 당연히 히터탱크가 있어 온수가 나오는데 그조차도 한 번에 데워지는 용량 제한이 있어 5분 이상 샤워하기가 어렵다. 때론 물을 받아 놓고 쓰기도 한다.

인도에 와서 좋은 것 중 하나가 절약습관이 생긴 것인데 그 중에서도 유독 아껴 쓰게 되는 것이 바로 물이다. 수질이 좋지 않아 먹는 물은 물론 양치질을 할 때도 물을 사서 사용해야 한다. 그것도 여행객이나 상류층 사람들의 이야기다. 대부분의 인도인들은 수돗물로 모든 것을 해결한다. 어떤 도시에서는 그런 물조차도 부족하다. 인도인 대다수가 치아상태가 좋지 않은 이유도 물 때문이다. 물부족 국가에 해당하는 우리나라에서 아낌없이 펑펑 물을 쓰던 내 모습을 떠올리니 갑자기 미안한 마음이 들었다. 물 이외에도 자원을 소중히 생각하고 아껴야 한다는 생각은 있었지만 평소의 습관이 의식을 잠식했다.

매일을 쉬지 않고 시원하게 쏟아지는 이곳의 온천수는 단순히 따뜻한 물이 아니다. 세계 곳곳의 여행객들을 끌어들이는 관광요소로 이 지역 주민들의 생계를 유지시켜주는 중요한 자원이며 이들을 살아갈 수 있게 하는 생명의 근원이다. 바쉬싯에 흐르는 물은 하늘을 가까이 마주하며 살아온 이들에게 신이 내린 선물인 듯 하다.

성자의 도시

인도인이 죽기 전에 꼭 가 보아야 할 곳 중 하나이자 요가의 성지로 불리는 리시케시. '리시'는 성자, '케시'는 도시라는 뜻으로 말 그대로 '성자의 도시'다. 히말라야 산맥으로 둘러 쌓이고 갠지스 상류지역에 속하는 이곳은 바라나시의 탁한 물색과는 상반될 정도의 푸른 에메랄드빛 강물이 흐른다. 강을 따라 사원들이 늘어서 있고 해가 질 무렵에는 순례자들의 행렬, 명상과 요가를 즐기는 수행자들을 볼 수 있다. 이 작은 마을이 유명해지기 시작한 것은 1960년대 세기의 그룹 비틀즈가 두 달간 머물며 수련했다는 사실이 알려지면서 부터다.

비틀즈가 리시케시를 찾은 1968년. 멤버들은 유독 힘든 시간을 보내고 있었다. 오랜 시간을 함께한 매니저의 갑작스런 죽음으로 인한 충격 및 경영문제, 창작의 고통까지, 이들에게는 정신적 평화와 안식처가 필요했다. 이들은 그전부터 따르던 영적스승에게 명상을 배우기 위해 이곳을 찾았다. 리시케시에 머무는 동안 채식을 하고 술, 담배, 약물에서 벗어난 금욕의 생활을 하며 자연과 호흡했다. 평화로운 일상과 명상을 통해 안정을 취하고 저마다의 창작활동을 이어갔고 이곳에서 받은 영감을 통해 명곡들을 탄생시켰다.

When you've seen beyond yourself then you may find

Peace of mind is waiting there

And the time will come when you see we're all one

And life flows on within you and without you

네가 깨달음의 경지에 이르게 되면

마음의 평화가 기다리고 있을 거야

모든 사람이 하나가 됨을 깨닫는 때가 올 거야

또한 인생이 너의 안에서나 밖에서나 흐른다는 것도 알아보겠지

- The Beatles 〈Within You Without You〉 중에서

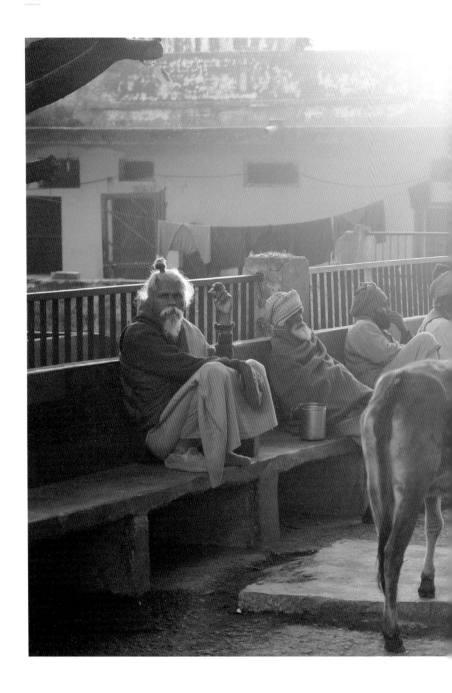

별빛이 내리다
Chapter III

여행 내내 우리나라 여행객과 교류는 거의 없었는데 이곳에 와서 우연히 한국인 두 명을 만났다. 점심 식사를 하러 들른 레스토랑이 이미 만석이어서 메뉴판을 살피며 고민하던 중 아주머니 두 분께서 합석을 제안하셨다. 주문한 음식을 기다리는 동안 자신들의 음식을 선뜻 나눠주며 이야기를 건넸는데 중년의 두 여성분은 십 년 동안 해마다 수련을 위해 리시케시의 아쉬람*을 찾는다고 했다.

이런저런 좋은 이야기를 나눠주고 먼저 식사를 마친 두 분은 자리를 떠나며 나의 식사 비용까지 지불했다. 타지에서 만나 우리나라 말로 실컷 이야기를 나눈 것만으로도 기뻤는데 뜻밖의 식사 대접까지. 그분들도 이런 일은 처음이라며 기쁜 마음으로 친절을 베풀고 가셨다.

여행의 성패를 좌우하는 요소로 관광지의 명소, 음식, 문화, 날씨 등 여러 가지가 있겠지만 무엇보다 중요한 것은 여행지에서 만난 사람이다. 그들이 그 도시의 인상을 결정하는 것 같다. 여느 도시보다 자이살메르가 가장 좋게 기억됐던 것은 별이 쏟아지던 사막의 밤도, 그리웠던 한국 음식을 접한 것도 아니었다. 그곳에는 차가운 새벽, 자신의 방을 선뜻 내어준 호텔 지배인의 따뜻한 마음이 있었다. 초행자의 밤길을 밝혀주던 환한 별빛, 리시케시에서 처음 마주한 따뜻한 인연들은 내게 멀어질수록 빛나는 것들로 남아있다.

*아쉬람: 요가, 명상, 영성 등을 가르치는 공동체 또는 장소

시간에 관대하기

리시케시의 명소라는 리틀부다카페를 찾았다. 시끌벅적한 음악소리에 홀을 가득 채운 외국인들로 정신이 없다. 대체 이 소란스러운 곳을 매일 같이 많은 사람들이 찾는 이유는 뭘까? 이곳은 끼니를 때우고 수다를 떠는 단순한 밥집이나 찻집이 아니다. 노트북을 들고 와서 일을 하거나 노트에 일기를 끄적이는 사람도 있고 갠지스강이 잘 내려다보이는 곳에 자리 잡고 책을 읽거나 멍하니 강가를 바라보는 사람들도 있다. 몇 시간 내내 시덥잖은 이야기를 떠들어대는 사람들도 있다. 이곳에서 사람들은 기본 3~4시간씩을 보낸다. 누구 하나 뭐라 하지 않는다. 밥 다 먹고 자리를 차지하고 있으면 눈치주는 시간제 카페가 있는 우리나라와는 사뭇 다르다. 이곳 사람들은 시간에 인색하지 않다.

딱 한 자리 비어있는 테이블에 앉았다. 인도 와서 커리보다 더 많이 먹었던 뗌뚝을 시켰다. 비도 오고 쌀쌀한 날씨에 뜨끈한 국물 한 술을 뜨고 나니 이곳이 사랑받는 이유를 하나 더 알게 됐다. 수북이 담아낸 그릇에 정 또한 넘친다. 맥간, 마날리 티벳음식점에서 먹은 뗌뚝보다 맛도 더 좋은 데다가 가격은 주변에 비해 10% 정도 저렴하며 양은 푸짐했다. 다른 테이블로 서빙되는 음식들에도 자연스레 시선이 향했다. 넘칠 듯 말듯 담아낸 화려한 색감의 메뉴들은 보기만 해도 침샘을 자극한다. 채식의 도시, 이곳에 와서 혹여나 살이 빠지지 않을까 했던 것은 오산이었다. 고기만 없을 뿐 음식은 여느 도시보다 더 풍족하고 입맛에 맞았다. 식사를 마친 후에는 진저레몬티를 시켰다. 밥 먹고 느긋하게 차 마실 여유까지 부리니 부르주아라도 된 양 마음도 부르다. 나무 벽에 기댄 채 헨리 데이비드 소로우의 「월든」을 꺼내 들었다. 인도에 올 때 딱 한 권의 책만을 가져오기로 결심하고 고심한 끝에 골랐던 책. 이곳에서 읽기를 잘했다 싶었다.

있는 대로 사치를 부리고 계산을 하려 나서는데, 주방 틈으로 분주히 움직이는 사람들이 보였다. 안의 열띤 분위기는 마치 드라마 속에서 보던 고급 레스토랑 키친을 방불케 했다. 주방 안 사람들은 쉬지 않고 밀려들어오는 주문에도 지친 기색없이 더욱 신이 나 요리를 한다. 뜨거운 불 앞에서도 칼질 소리는 경쾌하고 웃음소리도 끊이지 않는다. 이곳의 음식이 맛있는 이유를 찾았다. 즐거운 마음으로 정성을 다해 만들기 때문이다. 몇몇 직원이 카메라를 든 날 보더니 환하게 미소를 보이고, 서빙을 담당하는 청년은 묘기라도 선보이듯 양손에 플레이트를 탑처럼 쌓고서는 포즈를 취한다.

"왜 우리들은 이렇게 쫓기듯이 인생을 낭비해가면서 살아야 하는가? 우리는 배가 고프기도 전에 굶어 죽을 각오를 하고 있다. 사람들은 제 때의 한 바늘이 나중에 아홉 바늘의 수고를 막아준다고 하면서, 내일의 아홉 바늘 수고를 막기 위해 오늘 천 바늘을 꿰매고 있나. 일, 일, 하지만 우리는 이렇다 할 중요한 일 하나 하고 있지 않다."

– 헨리 데이비드 소로우 「월든」 중에서

인생무상

Chapter III

눈을 뜨고도 보지 못했던 것들이
귀를 열고도 듣지 않았던 것들이
그를 만나고 느껴지기 시작했다

무심히 흘러간 시간들 속에
무수한 기억의 편린들만이

한없이 덧없는 삶 자락 위에
무일푼 초라한 나그네 일뿐

나는 세상 어디쯤에 있는가

아쉬람에서

Chapter III

카페에서 만난 한 분이 숙소 근처 아쉬람에서 샤상Satsang * 프로그램을 무료로 진행한다는 정보를 공유해 주어서 아침 일찍 그곳을 찾았다. 시작을 한시간 앞두고 이미 만원을 이룬 홀에는 다양한 국적의 이방인들이 가득 모여 있었다. 정각에 맞춰 덥수룩한 머리와 수염으로 얼굴을 반쯤 가린 구루가 들어서자 사람들은 구원을 갈구하듯 그를 바라보았다.

찬팅Chanting *이 끝나고 나지막이 그의 설교가 시작됐다. 이날의 주제는 '관계'에 대함이었는데 사전 질의 내용 중 가장 많은 고민의 소재였다. 세계 어디를 가나 남녀노소 가릴 것 없이 가장 어려운 것이 '사람'인가보다. 한 마디라도 놓칠까 모두가 숨죽여 그의 이야기에 귀 기울일 때, 내 앞에 앉은 젊은 외국인 여성이 흐느껴 울기 시작했다. 멀찌감치 앉은 연세 지긋한 어르신도 연신 눈물을 훔친다. 멀리 떠나왔음에도 미처 털어내지 못하고 힘겨워하는 이 가여운 영혼들의 들썩이는 어깨를 토닥여주고 싶었다.

*샤상Satsang: 제자가 질문하고 스승이 대답하는 형식의 진리를 주제로 한 대화
*찬팅Chanting: 경전을 따라 읊조리거나 성가를 부르는 것

그 노무 척!

Chapter III

창가 쪽 테이블 창문이 조심스레 열린다. 메뉴 고르는 일에 열중하던 손
님들이 일제히 고개를 든다. 녀석이 시치미를 뚝 떼고 앉아있다. 사람인 줄
알았는데 사람인 척 했던 거다. 고놈 참 뻔뻔하다. 이 상황을 어이없이 바라
보다 웃음이 터졌다. 낯선 도시, 낯선 사람들, 긴 여행에 지쳐가던 중 긴장이
풀리는 순간이었다.

한참을 웃고 보니 꽤 간만에 이렇게 웃었구나 싶었다. 이곳에서의 생경한
일상들이 괜찮은 줄 알았는데 괜찮은 척 했던 거다. 한 템포 쉬어 가자. 하나
라도 더 보고, 더 느껴야 한다는 강박에서 벗어나자.

사진을 시작하고나서 늘 여행을 하면 카메라부터 챙겨야 했다. 세상을 뷰
파인더 속에 넣으려 했고, 있는 그대로를 바라보기 보다는 선先시각화하려
했다. 남들과는 다른 것을 보고 감성을 느껴야 한다는 강박에 사로잡혔었다.
사진쟁이인 척 하려고 무던히도 애썼다. 여행이 조금은 피곤해져도 괜찮다
생각했는데 그 역시 그저 척이었다. 괜찮은 척, 재미있는 척, 아는 척, 잘난
척, 그 노무 척에서 좀 벗어나야겠다.

안녕安寧을 바라다

Chapter III

리시케시는 강을 중심으로 마을이 양쪽으로 나뉘는데 게스트하우스와 레스토랑이 밀집된 상업지구에 놓인 락슈만 줄라와 리시케시 대표 아쉬람과 수행자들이 모여 있는 곳에 놓인 람 줄라, 이 두 개의 다리가 마을을 연결하고 있다. 리시케시에 머무는 동안 숙소를 비롯해 대부분의 일상은 락슈만 줄라가 있는 마을에서 보냈지만 매일 저녁에는 람 줄라를 찾았다. 리시케시 대표 아쉬람 파르마 니케탄에서 주관하는 강가 아르티를 보기 위해서다.

해가 저물 무렵이면 강가로 삼삼오오 사람들이 몰려들기 시작한다. 바라나시의 아르티뿌자와는 확연히 다르다. 그곳의 제식이 형식을 갖춘 스케일 큰 종교행사라면 이곳의 아르티는 인도인. 이방인 모두 함께하는 문화행사 같다. 이 순간만큼은 국적, 신분, 성별, 언어가 중요하지 않다. 다함께 찬팅 후 해가 완전히 저물면 사제들이 촛대에 불을 밝히기 시작한다. 참관객들에게 촛불을 나눠주면 사람들은 강가를 향해 신께 경배 드린 후 옆 사람에게 소망의 불빛을 나눈다. 내게도 전달된 촛불을 보며 작은 기도를 올린다.

남은 여행과 가정의 안녕을. 그리고 마음의 평안을.

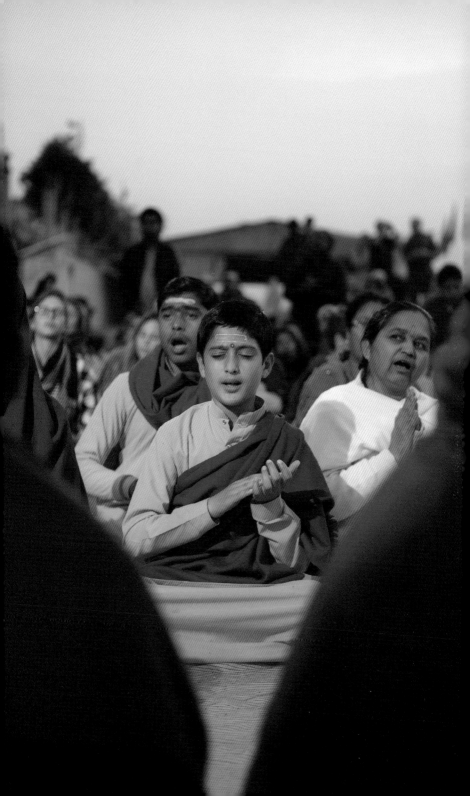

오늘 하루의 길 위에서
제가 더러는 오해를 받고
가장 믿었던 사람들로부터
신뢰받지 못하는 쓸쓸함에
눈물을 흘리게 되더라도
흔들림 없는 발걸음으로 길을 가는
인내로운 여행자가 되고 싶습니다

'모든 것에 감사했습니다'
'모든 것을 사랑했습니다'
나직이 외우는 저의 기도가
하얀 치자꽃 향기로
오늘의 저의 잠을 덮게 하소서

– 이해인 「오늘을 위한 기도」 중에서

내 노래는 그녀의 장식을 떼어내 버렸습니다
그녀는 옷과 치장을 자랑하지 않습니다
장신구는 우리의 결합에 상처를 내고
당신과 나 사이에 끼어들 것이며
그것들이 쩔렁대는 소리는
당신의 속삭임을 파묻을 것입니다

– 타고르 「기탄잘리」 중에서

원숭이 습격사건

Chapter III

길거리식당에서 모모와 초우멘*으로 저녁을 때우고 간식을 사서 숙소로 향하는데 갑자기 배 위로 묵직한 게 떨어진 느낌이 들었다. 무언가 움직이며 내 손에 든 봉지를 낚아채려 했는데 짧은 고성과 함께 순간적으로 발휘한 방어기제로 봉지를 사수했다. 정신을 차려 보니 길옆 담벼락 위에서 조그만 원숭이 한 마리가 아쉽다는 표정으로 나를 쳐다보고 있었다.

그렇다. 원숭이의 습격이었다. 덕분에 골목 안 모든 이목이 내게 쏠렸고 사람들은 재미있는 구경이라도 한냥 웃어댔다. 순간 얼굴이 붉어지고 팽창하는 느낌이 들었다. 리시케시에 관광객을 범행대상으로 삼는 맹랑한 원숭이들이 있다는 이야기는 들었지만 설마설마 했는데 막상 내가 그 주인공이 될 줄이야. 이곳 사람들에겐 별일 아닌 일이 나에겐 별일이 되었고 추억이 되었다.

창피한 것은 잠시. 원숭이와 나의 작은 소동으로 인해 고요하던 골목 안에 활기가 피어올랐다. 나를 향한 골목 안 사람들의 눈빛과 미소에 나도 따라 웃었다. 이노무 원숭이가 나를 여러 번 웃게 한다.

*초우멘: 중국식 볶음 국수

연緣의 바람
Chapter III

아침을 먹고 「걸어도 걸어도」라는 가족 그리고 관계에 대한 이야기를 다룬 영화를 봤다. 겉으로는 평범해 보이지만 저마다의 상처를 품고 때로는 가까우면서도 때로는 멀게 적당한 간격을 유지하며 지내는 가족의 이야기다. 하염없이 서로를 바라보는 듯 하나 보이는 것만 믿고 판단하며, 서로를 잘 안다고 생각하지만 정작 서로에 대해 아는 것이 별로 없다.

나 역시 아버지가 세상을 떠나는 순간까지 그에 대해 아는 것이 별로 없었다. 사춘기 때까지 내게 '아버지'라는 단어는 추억보다는 원망의 감정을 선사해 주었다. 왜 어머니와 이혼했는지, 왜 그렇게 사람들을 쉽게 믿었는지, 왜 그토록 나약한 삶을 살았는지. 아빠가 세상에서 제일 커 보일 나이, 한없이 작아지는 그의 모습과 어린 내가 서로 부딪혀 불협화음을 냈다. '서른'이라는 세월의 무게를 걸쳤을 때, 세상의 일들이 마음처럼 되지 않는다는 것을 경험하고 나서야 나는 조금은 아버지를 이해할 수 있게 되었다.

한 사람이 멀리 연을 날리고 있다. 먼 곳으로 날아가는 연의 줄을 잡고 있듯 나 또한 그에 대한 흐려져가는 기억과 감정을 날려 보낸다. 이제는 더 이상 부를 수 없는 그 이름을 그리워하며.

바람이 불면 안쓰럽게 버티지 말고
바람의 무게만큼 밀려나라
힘주어 버티면 쓴 힘의 양만큼 미움만 쌓인다
그동안의 꽃 같은 정이라도 안고 가고 싶으면

– 이수동 「바람이 분다」 중에서

위로
Chapter III

'괜찮아'
마음으로 일으켜 주는 부축의 말,
이제 다시 시작할 수 있다는 희망의 말.

'It's not your fault.'

'그건 당신의 잘못이 아니에요'
가슴으로 안아주는 위로의 말.

세상엔 무수히 많은 이해와 위로의 말들이 있다.
이러한 따뜻한 말 한마디로 인해
영원히 아물지 않을 거 같았던 상처가 치유되기 시작하고
사그라들 거 같았던 삶에 대한 열정에
다시금 불씨가 붙으며 살아갈 용기와 희망을 얻는다.

이미 살만큼 산 사람들은 알고 있다.

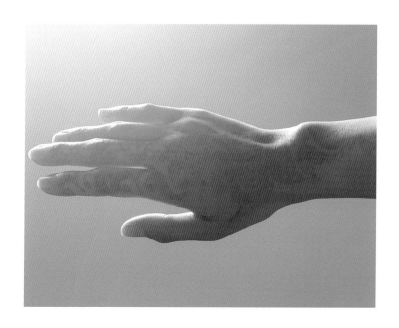

자의가 됐건 타의가 됐건 사람으로 인해
상처 주고 상처 받으며 살아가는 게 삶이라는 것을.

상처와 흉터로 얼룩덜룩 눅눅해져버린 삶을
뽀송뽀송 빠삭하게 말려줄 수 있는 것도
결국 사람의 온기라는 것을.
상처도 치유도 사람에 의해 만들어진다는 것을.
갠지스 강이 잘 내려다보이는 오솔길을 따라 걷다가
한적한 장소에 놓인 돌의자에 걸터앉았다.

저 아래로 레프팅을 즐기는 이들의 모습이 흐른다.
몇 대의 보트를 보내고.
또 '저 보트만 보내고…'

그렇게 한참을 머무르다 꺼낸 이야기.
불안과 어둠으로 가득했던 가족사
철부지의 불장난 같았던 연애사

친구는 말했다.
'괜찮아. 네 잘못이 아니야.'

오래된 나의 부끄러운 이야기들을 그렇게
갠지스 강에 함께 흘려버리고 내려왔다.
만약 이곳이 아니었다면
영영 이야기 하지 못했을 수도 있었다.

많은 생각과 고민을 하고 용기를 갖게 해 준 곳,
진실된 나를 만나게 해 준 인도.
그의 위로에 더 이상 아프지 않기로 결심했다.
그래도 살만한 세상에서 나 역시 좋은 사람들을 만나
아프지 않게 살아가고 있구나 안도와 행복이 공존했던 날.

가치의 기준

오늘은 노점에서 포테이토 패티가 들어간 햄버거와 후렌치후라이 그리고 모모 반 접시로 점심을 채웠다. 두 사람이 배불리 먹어도 150루피, 우리나라 돈으로 고작 2,500원. 우리나라에서 패티 한 장 달랑 들어간 버거 하나 겨우 살까 말까 한 가격이다. 식당 옆 이발소는 주말 손님으로 정신이 없다. 단 두 개의 가위로 1cm의 오차도 없이 싹둑싹둑 잘려나가는 머리카락들. 비용은 고작 120루피. 샴푸와 드라이 서비스를 제외하곤 우리나라 미용실에서 자른 것과 크게 다를 바 없다.

이곳에선 오직 기술의 값어치만 요구한다. 이곳 사람들은 물질에 크게 집착하지 않는 듯하다. 불필요한 소비를 위한 재화를 벌기 위해 죽도록 일하지 않는다. 돈 때문에 시간을 낭비하지도 않는다.

골목에서 노점을 운영하는 아만과 아카스 형제는 이제 18살, 20살이다. 한창 놀고 싶고 멋부리기 좋아할 나이의 청년들은 거리에서 만두를 찌고 국수를 볶으며 틈틈이 어린 동생을 보살핀다. 이들은 몇 년 후 자신의 이름을 딴 레스토랑을 차리는 것이 목표라고 한다. 근데 이상한 것은 음식장사를 하면서 오픈이 열두 시, 마감이 여덟 시다. 하루 빨리 레스토랑을 차리려면 새벽같이 일어나 밤 늦게까지 장사해야 하는 것 아닐까 조심스레 물었더니 이들은 아침, 저녁 시간에 가족과 함께 장사 재료를 준비하며 이야기를 나누고 그 시간을 보내는 것을 더 중요하게 여긴다고 했다. 쓸데없는 걱정이었다. 리시케시에 머무는 동안 이곳에서 종종 끼니를 해결했는데 형제는 볼 때마다 즐거운 모습이다.

바로 옆 과일가게 아저씨도 마찬가지다. 가끔 원숭이가 바나나를 훔쳐가려 할 때를 제외하곤 뭐가 그리 즐거운지 노상 싱글벙글이다. 연로한 아버지는 계단 뒤에서 과일 파는 아들의 모습을 흐뭇하게 바라보며 미소 짓고 계신다. 배불리 점심을 먹었어도 그 미소를 보면 그냥 지나칠 수가 없어 신선한 석류 주스 한 잔을 주문하고 만다.

벗

20년을 넘게 만나오며 우리의 이야기 소재는 늘 비슷하다. 현재를 살아가는 이야기 그리고 그 시절 이야기. 이미 나눴던 이야기를 또 다시 해도 처음 듣는 이야기마냥 웃어대고 그때를 그리워하는 건 함께 한 시간들을 소중하고 아름답게 기억하고 있기 때문이다.

요즘처럼 갈 수 있는 곳이 많지도 않고 할 수 있는 것이 많지도 않던, 스마트폰 같은 건 없던 시절. 닳아진 슬리퍼를 신고 해 저무는 줄도 모른 채 골목 구석구석을 헤집고 다녔다. 함께 모여 뛰어놀고 조잘조잘 수다 떠는 일이 마냥 즐겁고 행복했다. 골목 안이 마당이었고 친구가 또 하나의 가족이었다. 그 짧은 헤어짐조차도 아쉬울 때면 늦은 밤 라디오를 켜고 밤하늘에 편지를 썼다.

해를 거듭하며 모이는 횟수도 점점 줄어들고 멀리 지방으로 국외로 떠나가는 친구들도 하나 둘 생겨나지만 어디에 있든 친구라는 이름으로 늘 제자리를 지켜주는 이들이 있다.

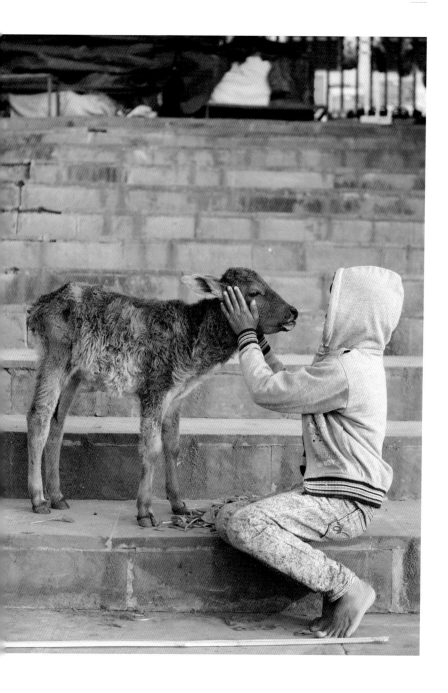

오랜 벗이 보고싶어지는 오후
작은 몸으로 버팀목이 되어 줄 수 있는 사이
다르지만 함께 나눌 수 있는 사이
눈빛으로 마음을 전할 수 있는 사이

친구라 부르고 벗으로 삼는다

인디안타임
Chapter III

며칠 동안 동네가 시끌벅적한 이유가 리시케시가 지금 한창 선거철이기 때문인데 그 열기가 우리나라 못지않게 뜨겁다. 어른, 아이, 동물까지 총동원됐다. 청년들은 오토바이로 행렬을 이루며 지지하는 당 후보의 이름을 외치거나 지프차에 커다란 확성기를 달고 동네방네 쩌렁쩌렁 유세 노래를 틀어댄다.

호텔 지배인이 너희 나라도 선거기간에 이러냐 묻길래 그렇다고 하니 '모든 나라가 똑같군'하고는 웃는다. 우리나라는 뭔가 조금 다를 거라 생각했나 보다. 그는 종종 자신의 이야기를 들려주거나 우리나라에 대해 궁금한 것들을 물어봤는데 오늘은 7GB 용량의 파일을 다운받으려면 우리나라에서는 시간이 얼마나 걸리는지 궁금해했다. 15~20분 정도 걸린다고 했더니 깜짝 놀라며 이곳에서는 2~3일은 족히 걸린다며 부러워했다.

모든 것이 느리다. 때로는 시간이 멈춰버린 듯한 느낌이 드는 이곳. 그래서일까. 인도인의 시간은 유독 더디게 간다. '인디안타임'이란 말이 존재할 정도로 이들은 매사가 여유롭고 느긋하다. 식당의 사람들도. 기차를 기다리는 사람들도.

동시대를 살아도 다르게 느끼는 시간. 같은 공간 속에 존재하더라도 서로 다르게 흐르는 시간. 누군가는 오랜 시간 젊음을 유지하고 누군가는 청춘이 그저 짧기만 하다. 또한 누군가는 시간의 흐름조차 인지하지 못하며 살아간다.

시간이란 순리대로 살든 거꾸로 살든 되돌릴 수 없는 것이다.
영원한 것은 없다. 우리는 단지 흐르는 대로 그 인생을 살아갈 뿐이다.

–영화 〈벤자민버트의 시간은 거꾸로 간다〉 중에서

이들은 이미 알고 있었을까. 우리가 아무리 애쓰고 발버둥쳐도 흘러간 시간은 돌아오지 않는다는 것을.

타이밍
Chapter III

누군가 말했다
사랑은 타이밍이라고

이번에도 놓쳐버렸다

축 처진 어깨로
늘어진 기타 줄을 연주하며
그늘진 선율로
끊어진 연을 이어보려 한다

차가운 그의 음악이
잃어버린 사랑에 녹아 내린다

선물

아침을 먹고 '조르바카페'에 들러 책을 읽기로 했다. 처음엔 리틀부다카페에 비해 사람이 적고 조용한 편이어서 이곳에 오기 시작했다. 카페에 올 때마다 간판을 보며 소설 「그리스인 조르바」를 떠올렸다. 세상의 보편적 잣대로 만들어진 틀을 깨고 소신껏 그리고 최대한 본능적으로 자유분방한 삶을 누렸던 조르바. 그에겐 미래나 과거가 없다. 오직 현재만이 존재한다. 스스로의 운명에 주인공이 되어 육체와 영혼이 일치되는 삶을 추구하며 순간순간을 즐기며 살아간다. 충동적이고 본능적이나 그의 삶 안에는 어떠한 후회나 불안이 없다.

인도에 웬 조르바카페?

처음엔 조르바가 인도와는 어울리지 않는 이름처럼 느껴졌다. 하지만 시간이 흐를수록 리시케시와 묘하게 닮아 있는 느낌이 들었다. 이곳을 찾는 사람들은 미래에 대한 불안을 나누지 않는다. 오직 현재에 존재하는 자신에게 집중한다. 또한 주변을 경계하지 않는다. 그렇기에 세계 곳곳에서 몰려든 여행객들과 현지인부터 개, 소, 원숭이 등 온갖 동물이 함께 어우려져 살아가고 있으며 그런 광경이 전혀 낯설지 않다.

"Yesterday is history, Tomorrow is mystery, Today is a gift."

카페 벽면에 붙어있는 글귀를 보며 선물 받은 하루를 기분 좋게 시작해 본다.

행복의 비밀

Chapter III

무엇이 당신을 행복하게 하는가?

선뜻 대답할 수 있다면 당신은 행복한 사람이다.

인도로 인도하다

한 블로거의 인도여행후기를 읽으며 나의 여행스타일에 대해 그리고 지난 인도일정에 대해 다시금 생각하게 됐다. 내가 여행에서 중요하게 생각하는 것들의 우선 순위를 꼽았다. 1순위 동행자, 2순위 잠자리, 3순위 먹거리, 4순위 여행에서 만나는 사람들.

국내든 국외든 익숙한 일상에서 벗어나 새로운 것들을 마주하는 순간의 연속, 낯선 일상을 경험하는 데 있어서 무엇보다 중요한 요소가 타 문화를 이해하는 것이다. 그 중에서도 기본이 되는 식문화와 잠자리는 무조건 값 싼 것만을 고수하기보다 정해진 예산 안에서 다양한 클래스를 경험해 보아도 좋겠다. 그 외에도 우선순위로 둔 항목들에 예산을 조금 더 책정해 여행의 질을 높이는 것은 어떨까.

우리나라 배낭여행객 중 일부가 인도를 비롯한 아시아를 선택하는 큰 이유 중 하나가 바로 물가가 싸다는 이유인데, 경쟁하듯 적은 비용으로 하루를 버티고 타인의 여행경비와 비교하며 내심 우쭐해 한다. 스스로 택한 불편함과 고행을 무용담 비스므레 늘어놓는데, 실로 인도인들을 만나보니 그들은

'한국인 여행객은 싼 것만 찾는다'는 인상을 갖고 있었다. 우리나라 인도여행 책자나 후기들을 봐도 오로지 싼 곳, 한국인들이 자주 찾는 곳들만 소개돼 있고 여행객들은 코스인 양 그곳을 찾는다.

많은 이들이 인도를 찾는 또다른 이유는 자기수련의 목적이다. 넓은 영토, 12억 인구가 뒤섞여 사는, 언제 어디서 무슨 일이 벌어질지 모르는 불안한 치안과 낙후된 환경의 나라. 하지만 이곳도 사람 사는 곳이다. 자기수련이 목적이라면 인도가 아니어도 얼마든지 낯선 환경에 가면 할 수 있다.

인도를 가기 전, 몇몇 지인들은 여행을 마치고 돌아올 즈음 수척해 있을 나의 모습을 예상했겠지만, 아쉽게도 나는 그들의 기대에 부응하지 못했다. 인도 음식만 매일 먹지 않은 이유도 있지만, 꼭 인도라 하여 인도 음식만 먹을 이유도 없었다. 건강히 여행할 수 있도록 밸런스를 맞춰 식단을 조절했다. 배낭여행이라 하여 무작정 많이 걸을 필요도 없었기에 걷고 싶은 날은 걷고 쉬고 싶은 날은 종일 영화를 보거나 낮잠을 즐겼다.

내 여행의 목적은 고행도 수련도 아닌 상상속으로만 만났던 인도를 직접 체험해 보는 것과 일상으로부터의 분리였기 때문이다. '인도'는 어릴 적부터 막연하게 가보고 싶었던 나라 중 하나였다. 짧은 시간에 둘러볼 수 있는 곳이 아니었기에 모처럼 긴 시간의 여유가 생겼을 때 주저없이 결정했다.

2012년 델리의 어느 버스에서 일어났던 집단성폭행사건을 시작으로 외국인을 대상으로 한 폭행사건 등이 연일 이슈화된 적이 있다. 인도에서는 모든 남성이 외국인 여성을 상대로 온갖 범죄를 저지를 것 같은 두려움과 공포가 확산되었고 나 또한 '이번 생에선 인도라는 나라는 못 가보겠군'이라고 중얼거렸던 기억이 떠오른다.

하지만 내가 느낀 인도는 성범죄가 난무하고 모든 남성이 늑대이자 사기꾼인 그런 곳은 아니었다. 쉬는 날 없이 골목에서 만두를 빚고 볶음면을 파는 성실한 청년들도 있고 부모와 처자를 돌보느라 온종일 운전대를 놓지 못하는 릭샤왈라도, 평온하게 빨래를 하는 도비 왈라도 있는, 똑같이 삶과 일상이 흐르는 곳이었다. 아직도 셔터를 누르며 마주친 그들의 모습, 주어진 운명과 삶에 순응하며 살아 가는 순수한 눈빛들이 생생하다. 내가 일상에서 멀어지자 비로소 보였던, 빛나던 모든 것들이 떠오른다.

타인들의 이야기들로 채워진 미지의 세계가 두려워 마녀의 말을 듣고 18년 간 탑에 갇혀 지낸 라푼젤과 같았던 나는, 이제 비로서 내가 집착하고 있는 모든 것들에서 멀어져 빛나는 것들을 발견하기 위한 첫 걸음을 내딛게 되었다.